2022年
冬之卷

李少君
雷平阳
主编

诗收获

长江出版传媒
长江文艺出版社

诗收获

编委会

主　　办： 长江诗歌出版中心　中国诗歌网

编委会主任： 吉狄马加

编委会(以姓氏笔画为序)：

吉狄马加	朱燕玲	刘　川	刘　汀	刘洁岷
江　离	李少君	李寂荡	李　壮	吴思敬
谷　禾	沉　河	张　尔	张执浩	何冰凌
林　莽	宗仁发	金石开	周庆荣	郑小琼
育　邦	胡　弦	泉　子	娜仁琪琪格	
高　兴	钱文亮	黄礼孩	黄　斌	龚学敏
梁　平	彭惊宇	敬文东	雷平阳	臧　棣
潘红莉	潘洗尘	霍俊明		

主　　编： 李少君　雷平阳

执行主编： 沉　河

副 主 编： 霍俊明　金石开　黄　斌

艺术总监： 田　华

编辑部主任： 谈　骁

编　　辑： 一　行　王单单　王家铭　戴潍娜

编　　务： 胡　璇　王成晨　石　忆

卷首语

在贞元堡参观大爨碑的那个早上，我的脑海里塞满了由隶转楷时期的过渡期汉字。康有为论这些字："下画如昆刀刻玉，但见浑美；布势如精工画人，各有意度。"昆刀即昆吾刀，一种传说中的刻玉之刀。当时我就想：现实之刀刻出的汉字"下画如昆刀刻玉"，乃是由实入虚，是心生的幻觉；如若这些字真的是由传说之刀刻出并被我们称为"神品"，也许这才是最美的文字真正的来源。有传说之刀刻出的文字吗？有传说中的不存在的人和笔写下的碑文或诗篇吗？自然是没有的，顶多只能是某些文字或诗篇因其人工上升为神力而类似于神品。因此，我脑海里的这些文字的缝隙中转瞬之间也就扬起了一阵阵玉石加工厂里的尘雾，它们弥漫着，遮住了文字。没有什么值得大惊小怪——在任何一个"过渡期"，我们的手中并没有握着一把传说之刀——即使有神品般的文字引导着我们，我们终归只是玉石加工厂里生产流水线上操作机器的工人。梦想中的碑文或诗篇，一直封存在尚未开凿的石壁内。那传说之刀的出处，《山海经·中山经》云："又西二百里曰昆吾之山。"很少有人知道它矗立在什么地方。

雷平阳

2022 年 11 月 1 日，昆明

季度诗人

黄山谷的豹 // 欧阳江河 // 002
在通向语言的途中有一个引领者
——欧阳江河印象 // 张清华 // 016
第一次身处海浪 // 傅元峰 // 026
文明以健,清音独远
——傅元峰的"学士之眼"和"本源之诗" // 阿甲 // 047

组章

旷野无边 // 耿林莽 // 066
赠友人 // 杜绿绿 // 071
荆棘被看见 // 李建春 // 077
懒人笔记 // 黄梵 // 083
芒果诗 // 刘汉通 // 090
大海没有自己的一生 // 黄惊涛 // 096
春日鸿蒙 // 马嘶 // 104
有人从火焰中取出黄金 // 敕勒川 // 109
洁白的春天 // 纳穆卓玛 // 115
寂静的栖身之地论 // 师力斌 // 121
谷山诗章 // 汤凌 // 127
祖母的悲鸣 // 余退 // 138
贵门:重返之旅 // 张小末 // 144
我是她们的他人 // 张远伦 // 150

诗集诗选

《我的钥匙没有离开我》诗选 // 莱马 // 158
《修辞之雨》诗选 // 卢艳艳 // 166
《煮水的黄昏》诗选 // 陆岸 // 174
《纸建筑》诗选 // 孟原 // 180
《吾心之灯》诗选 // 应文浩 // 185

域外

开放之宅 // 西奥多·罗思克 / 陈东飚 译 // 192
《胡桃色少女》幻想曲(节译) // 约翰·阿什贝利 / 少况 译 // 203

中国诗歌网作品精选

苏子河边的女人 // 林雪 // 212
拥有失去 // 韦锦 // 212
草洲上 // 闲雨春风 // 213
黄叶村 // 苏历铭 // 213
画云的人 // 阿雅 // 214
窗外 // 英名 // 215
我不敢随随便便扔石头 // 田文宪 // 216
寻水记 // 吴乙一 // 216
大海 // 海玉 // 217
这万物归位的草原之夜 // 北乔 // 218
小镇 // 砚小鱼 // 219
风口 // 李易农 // 219

小红书诗歌精选

如果闹钟长眼睛 // 小韬CHENTY // 222
富有 // 万淮 // 222
靠近 // 全岛铁盒 // 222
我了解当代年轻人的寂寞 // 祺白石 // 223
数万亿的爱 // 迷屿 // 223
你蕉会我的 // 终人快跑 // 223
你是我永恒不朽的春天 // 不是鱼 // 224
海边的树（其一）// 吴粒儿 // 224
原谅 // 柳泽生 // 224
我希望 // 汀屿 // 225

评论与随笔

"机械复制"时代的"抒情诗人"
　　——文学创作与文化研究视域下的人工智能诗歌批判 // 李玥涵 // 228
重审1990年代诗歌的意识与观念 // 张桃洲 // 245
诗人与时间对峙·小夜曲 // 莫敏妮 // 256

季度观察

杂物时代：诗的分岔、多孔、褶皱与梦幻者视角
　　——2022年秋季诗坛观察 // 钱文亮　黄艺兰 // 264

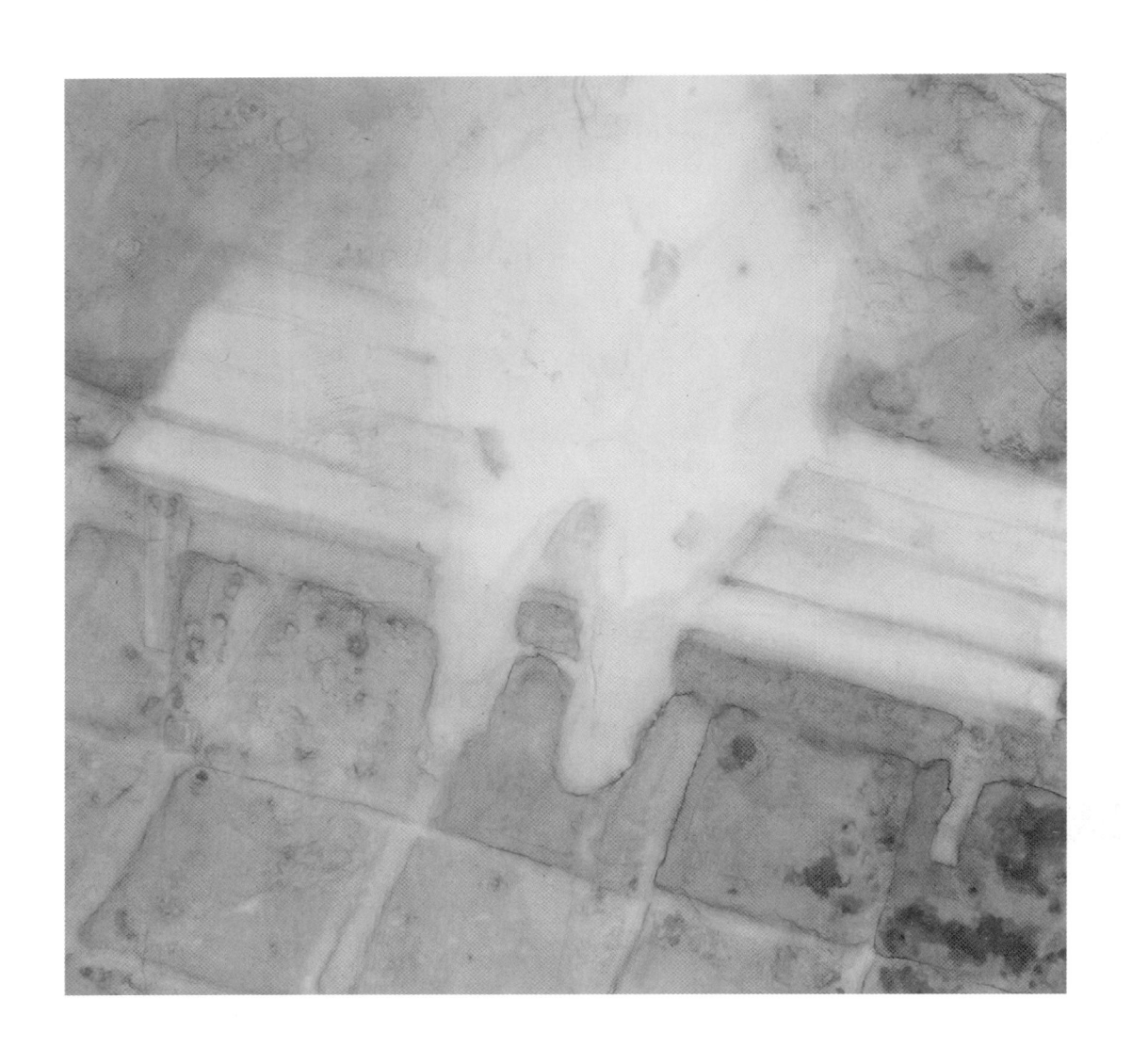

王光林
《见——碎片 No.4》
41cm × 44cm
纸本水墨
2017 年

季度诗人

黄山谷的豹

/ 欧阳江河

欧阳江河，1956 年生于四川泸州，现居北京。诗人，北京师范大学特聘教授。出版中文诗集 14 本，出版德语、英语、法语、阿拉伯语、西班牙语诗集 11 本。自 1993 年起，应邀赴全球五十多所大学及文学中心讲学、朗诵。其创作实践深具当代特征。

黄山谷的豹

> 谢公文章如虎豹，
> 至今斑斑在儿孙。
> ——黄庭坚

1
——脚步在 2011 年的北中国移动，
鞋子却遗留在宋朝。
赤脚穿上云游的鞋，
弯下腰，系紧流水的鞋带。
先生说：鞋带系成流水的样子
是错的。
应该系成梅花，或几片雪花。

2
一只豹，从山谷先生的诗章跃出。
起初豹只是一个乌有，借词为本体，
想要获取生命迹象，
获取心跳和签名。

3
先生说：不要试图寻找豹。
豹会找你的。
即使你打来电话它也不接，
也没人打电话给一只豹。

4
有人脱下皮鞋，换上耐克鞋。
先生说：别以为穿上跑鞋，
会跑得比豹子快。

5
梦中人丢魂而逃。
我分身给影子,以为剩下的半我
跑起来会轻快些,
抖落一些物的浮华
和心的负重。
但影子深处又涌出第二个、第三个
……成千的影子。
它们索要词的真身。

6
有人一起跑就行,快慢都行,
而我刚好是慢的那个。
在网上商店,我问售货员:
有没有比豹快的鞋子?

7
人在这个世界上奔跑真是悲哀。
往哪儿跑,哪儿都塞车。
即使在外星空跑
也能闻到警车和加油站的气味。
交警给词的加速度开罚单,
而豹,拒绝在罚单上签名。
在证件照上,豹看不见自己。

8
路漫漫兮。
给我一百个肺我也跑不动了。
豹,把人类的肺活量跑光了。
时间被它跑得又老又累,
电和石油,被它跑漏了。

词，即使安上车轮也跑不过豹。

9
时间的形象
在豹身上如石碑静止不动。
众鼠挣脱碑文，卷土而去，
带着连根拔的小农经济，
和秋风里的介词胡须。

10
猫鼠一体，握住小官吏的
刀笔。
如此多的腐鼠和硕鼠
抱成陶瓷的一团，
以一碗水，偷一片天空，
偷吃清汤挂面的水中月。
但碗里的水没有保持海平面，
天空泼溅出来，
摔碎在地上。
镜子的声音，听不见世外。

11
老鼠以为豹在咬文嚼字。
但借雪一听，并无消融的声音。
因为豹在听力深处
埋有更深邃的盲人耳朵。
草书般的豹纹，像幽灵掠过条形码，
布下语文课的秋水平沙。

12
几个小学生用鼠标语言，
坐在云计算深处

与山谷先生对谈。
先生逢人就问：有写剩的宿墨吗？
仿佛古汉语的手感和磨损
可以从一纸鱼书寄过来，
从少年人的迫切脚步
快递给高处的一个趔趄。
先生的手，叠起一份晚报。

13
器物的折旧，先于新闻的折旧。
豹，嗅了嗅白话文的滋味，
以迷魂剑法走上招魂之途，
醉心于万物的蝴蝶夜。
毫不理会
众鼠的时尚。

14
豹，步态如雪，
它的每一寸移动都在融化，
但一小片结晶就足以容身。
一身轻功，托起泰山压顶。

15
豹，不知此身何身。
要么从电的插头
拔出一个沧海横流，
肉身泥沙俱下。
要么为眼泪造一个水电站，
一脸大海，掉头而去。

16
有人转身，看见了浩渺。

泪滴随月亮的圆缺
变大或变小。

17
有人一生都在追逐什么。
有人，追逐什么，就变成什么。
而我的一生被豹追逐。
我身体里的惊恐小鹿
在变作鸟类高高飞起之前，
在嵌入订婚戒指之前，
在变作纸币或选票被点数之前，
会变身一只豹吗？

18
我能把文章写得像豹吗？
写，能像豹那么高贵、迅捷
和黑暗吗？

19
它就要追上我了，这只
古人的豹、词的豹、反词的豹。
它没有时间，所以将时间反过来跑。
它没有面孔，所以认不出是谁。
它没有网址，所以联系不上它。

20
波浪跑起来不需要鞋子。
豹身上的滚滚尘土卷起刀刃，
云剁去手足，用头颅奔跑。
一只无头豹在大地上狂奔。

21
一只豹,这样没命地跑,为跑而跑,
是会把时间跑光的。它能跑到时间之外,
把群山起伏的白雪跑成银子吗?
银行终究会被它跑垮,文章也将失明。
已经瞎了它还在跑。
声音跑断了,骨头跑断了,它还在跑。

22
除非山谷先生从豹子现身,
让豹看见它自己的本相溢出,
却看不见水和杯子。
除非我终生停笔,倒掉墨水,
关闭头脑里的图书馆,
不读,不写,不思想。
否则豹会一直在跑。

23
一只豹,要是给它迷醉,给它饥饿,
让它狂奔起来,
会是多么美,多么简朴,多有力量
的一个空无。
那种原始品质的,总括大地的空无。

24
这个空无,它就要获得实存。
词的豹子,吃了我,就有了肉身。
它身上的条纹是古训的提炼,
足迹因鸟迹而成篆籀,
嘴里的莲花,吐出云泥和天象。

25
豹的猎食总是扑空。
要有多少个扑空被倒扣过来，
才能折变出
尘归土的一个总的倒转，
以及，词的遗传，词的丢魂，
词的败退和昏厥？

26
人的鞋，对豹子太小了。
那样一种削足适履的形象
不适合黄山谷的豹。
带爪子的心智伸了出来，伸向无限，
又硬塞进诗歌的头脑
和词汇表。
野兽的目光，借人的目光，回头一瞥。

27
人走不到的秘密之地，
变身豹子也得走。
那么，以豹的足力，
将人的定义走完，
走到野兽的一边去。

28
撕裂我吧，撒落我吧，吞噬我吧，豹。
请享用我这具血肉之躯。
要是你没有扑住我，
山谷先生会有些失望——

蔡伦井

1

这些一念闪过的天文与水文，
这一低头，这掬水在手的空气脸，
从指缝往下漏，又从汉代画像砖，
从沉入井底的意念，浮了上来。
如果蔡伦不造纸，世界就只是
一堆砖头、铜和废铁的句读。
或许骏马春风会让咏而归的远人
柔软下来，或许土地连年耕种，
也该歇息了。就让桂阳郡的谷子，
把土里面的东西翻出来晾晒，
在农民的烈日下，词，流了一吨汗。
而我已是喝过蔡伦井水的人了。

2

我，一会是藻井人，一会又是纸神。
肉眼所见，皆悬腕悬笔的古人，
若书桌上无纸，何以落墨？
若纸上没有镇纸的昆仑石，
蔡太仆的手迹，也是吹糠见米。
一个宦官，一个形而上的男人，
把自己身上省略掉的部分，
看作人类心灵的终极欠缺。
但欠缺本身也是一种涌现：
蔡伦在皇帝的两个女人之间
传递繁星的谦逊消息，
夹带着赋的对句、数学的迷思。

3
从井底幽幽浮起的流量脸,
还不是数码成像,还不可刷脸。
蔡伦先生的石像,暗脸已成月蚀,
其余的轻盈部分一碰光就飞起,
转圜无我,几乎是一门心学。
而一个如琢如磨的单衣老者,
也不试酒,也不习经,也不种鹤,
不纠正大的对错,而将一闪念
放在土星下细察,使之物化。
纸为何物?这不经意的一闪念呵,
这方法论的提取与固型,
包含了几个帝国都拔不出的剑气。

4
武士论剑出招时,山茶花落下了。
晋人王羲之枯坐在莲花上,
丧乱帖,十七帖,快雪时晴帖,
快落笔时没了东汉人造的纸。
一只鹅又能值几枚铜钱。
洛阳纸贵,先生对练字的童子说,
将字与纸分开:买字,不买纸。
人在桂阳,得学会造纸和听琴。
造纸,终究是造意。十万次捣杵,
足以将树皮、渔网、麻头及敝布,
与不可解释的意义搅拌在一起。
再添加些赘生物:人,敬纸为神。

5
词的呼吸深及地质构造。有人
在海上捕大鲸,在河边钓小鱼。

更多的鱼，戴面具待在鱼缸里，
引火焚书时，字的火焰比身体
更狂烈，更像通体透亮的水灯笼。
蔡伦井纯属一个内地意象，
域外来的人，随身带多少鱼饵，
也钓不起鱼来。纸上的活鱼，
是从大地深处冒出来的，紧咬住
火焰的钩。古戏台下人头攒动。
渔歌唱罢，渔网自天的穹顶撒落，
撒网的动作，暗含着弹古筝的手形。

6
琵琶，反过来弹是个哑天使。
蔡伦的意义在于从月球回看地球，
而不必登上月球：人，取水在天。
海大，但没什么水是眼前这深井
盛不下的，海，就在唇边。
一团晨雾裹身，突然就散了，
眼中之人被水墨所泅出。
很快这葱茏的大块文章也将平铺开来，
湖南一带，处处青山绿水，
刀法和圆周率如木刻一样流动。
灵在者，茫然不问，欠身何人。
蔡伦无后，广场大妈翩然起舞。

暗想薇依

像薇依那样的神的女人，
借助晦暗才能看见。
不走近她，又怎么睁天眼呢。
地质的女人，深挖下去是天理。
煤，非这么一块一块挖出来，

月亮挖出了血，不觉夜色之苍白。
挖不动了，手挖断了，才挖到黑暗。
根部的女人，对果实是个困惑。
她把子宫塞进这果实，吃掉自己，
又将吃剩的母亲长在身上。
她没有面容，没有生育，没有钱。
而影子也已噤声，纵使辨音力从独唱
扩展到合唱队，也不能听到自己。
那么，立在夕光中暗想片刻就够了，
别带回家乡过日子，
无论这日子是对是错都别过。
浪迹的日子走到头，中间有多少折腰。
北京的日子过到底，终究不在巴黎。
神恩的日子，存进报酬是空的。
因为这是薇依的日子，
和谁过也不是梦露。
旧梦或新词，两者都无以托付。
单杠上倒挂着一个小女孩，
这暗忖的裙裾，雨的流苏，
以及滴里搭拉的肢体语言。
她用挖煤的手翻动哲学，
这样的词块和黑暗，你有吗？
钱挣一百花两百没什么不对，
房子拆一半住一半也没什么不对。
这依稀，这弃绝，不过是圆桌骑士
递到核武器手上的一只圣杯，
一失手摔得碎骨。
众神渴了，凡人拿什么饮水。
二战后，神看上去像个会计，
但金钱并没有让一切变得更好。
账户是空的，贼也两手空空。
即使人神共怒也轮不到你

替她挨这必死的一刀。
词的一刀，比铁还砍得深，
因为问斩的泪哗哗在流，
忍不住也得强忍。
而问道的手谕，把苍天在上
倒扣过来，变为存在的底部。
薇依是存在本身，我们不是。
斯人一道冷目光斜看过来，
在命抵命的基石之上，
还有什么是端正的，立命的。

致鲁米

托钵僧行囊里的穷乡僻壤，
在闹市中心的广场上，
兜底抖了出来。
这凭空抖出的亿万财富，
仅剩一枚攥紧的硬币。
他揭下头上那顶睡枭般的毡帽，
讨来的饭越多，胃里的尘土也越多。
胃飞了起来，漫天都是饥饿天使。
一小片从词语掰下的东西，
还来不及烤成面包，就已成神迹。
请不以吃什么，请以不吃什么
去理解饥饿的尊贵吧。
（一条烤熟的鱼会说水的语言。）
托钵僧敬水为神，破浪来到中国，
把一只空碗和一副空肠子
从文具到农具，递到我手上。
人呵，成为你所不是的那人，
给出你所没有的礼物。
一小块耕地缩小了沙漠之大。

我还不是农夫，但正在变成农夫。
劳作，放下了思想。
这一锄头挖下去，
伤及苏菲的地理和动脉，
再也捂不住雷霆滚滚的石油。
多少个草原帝国开始碎骨，
然后玉米开始生长，沙漠退去。
阿拉伯王子需要一丝羞愧检点自己，
小亚细亚需要一丝尊严变得更小，
女神需要一丝愤怒保持平静。
这一锄头挖下去并非都是收获，
（没有必要丰收，够吃就行了。）
而深挖之下，地球已被挖穿，
天空从光的洞穴逃离，
星象如一个盲人盯着歌声的脸。
词正本清源，黄金跪地不起。
物更仁慈了，即使造物的小小罪过
包容了物欲这个更大的罪过。
极善，从不考虑普通的善，
也不在乎伪善的回眸一笑。
因为在神圣的乞讨面前，
托钵僧已从人群消失。
没了他，众人手上的碗皆是空的。

在通向语言的途中有一个引领者
——欧阳江河印象
/ 张清华

1

某一个春末夏初的日子，我行走在威尼斯的街道上。我必须说，这是我见过的最美的城市，蓝色的亚得里亚海在不远处起伏，这在水里浸泡了千年的城郭，就在她的水边，在那些原本可能是草莽覆盖的河岔中。我无法描述这城市，我意识到，我正处在哑口无言和目瞪口呆的反应中。

更可能的是，我正在"通向语言的途中"。那一刻，我意识到这点，一句古老的格言攫住了我。

为什么呢？眼前有景道不得，我找不到合适的语言描述它。我在这途中停下来了，一任时间随风而逝，犹如过去两千年中早已灰飞烟灭的历史。

我有这个权利，我可以选择哑口，因为这样的建筑和栖居原本就是诗，还要怎样搜罗张致，什么样的语言能够超过这些画面本身的诗意？

整整十年后，又一个春末夏初，我行走在离家不远的街道上。黄昏降临，天边的一抹晚霞，像一片末日的火焰，忽地将我带入遥远的往事之中，让我的记忆如此虚无而又荒诞地燃烧着。我为什么会想起多年前的威尼斯，想起那座城市的黄昏，那带着清凉和温柔火焰的向晚？眼下，这偌大城市的街道上空无一人，我突然有一种莫名的恍惚感，不知道这一刻是谁，是何人行走在现实和记忆中，行走在那依稀蜿蜒的通向语言的途中，然后又迷失。

但是有了。我耳边忽然想起了一个短语，一个无厘头，但又确有来头的词组，或是一个遥远的叹息——"那么,威尼斯呢?"

是的,威尼斯呢?它和谁有关?

我在文字的开头,抑制不住地写下了这些句子,当然不是为了抒情,而是为了这一刻真实的幻觉。在某些时候,不唯抒情是不道德的,甚至过于沉迷流畅的语调和漂亮的句子本身也不道德。我只是想用自己来反衬——不,是想用他,来激励常常失去语言的自己。

他是谁?当然是欧阳江河。他随时随地,都游走在语言的巨大光晕之中,仿佛核聚变,他的语言会随时生出难以想象的、输出巨大能量的链式反应。

"在通向语言的途中。"我一直在琢磨着老海德格尔的这句话,难道语言不是应声即到脱口而出的么?为何还要在通向它的途中盘桓?是的,我意识到,这是"在"与"思"所共同决定的,"言"是"思"的结果,也是"在"的证明。这里有一条形而上学的小径,蜿蜒在精神的山巅和生命的云端,当那言和思共同出现且最终汇合的时候,就是人感受并印证了"在"——此在、存在——的时候。

所以,不唯"我思,我在",这一路途的终点还必须有"言",言尽出,而意方现。可我通常却在通向这境地的途中迷失。这让我常常停留在生命的恍惚与迷惘之中,不知道那一刻的我,是"在"或"不在"。

所以十年前的我,不曾为威尼斯写下一个字,十年后的这个黄昏也是。我依然只有记忆的混沌和无言的怅惘。尽管那一刻威尼斯的美景似乎蜂拥而至,我依然不知道说些或记下些什么。但那一刻,我忽然记起了他的诗句,那些句子如同黄昏时分的晚霞,倏然以盛大的气势,覆盖了我的世界:

> 你一夜之间喝光了威尼斯的啤酒,
> 却没有力气拔出香槟酒的塞子。
> 早晨在你看来要么被酒精提炼过,
> 要么已经风格化。文艺复兴的荒凉,
> 因肉身的荒凉而恢复了无力感,
> 说完一切的词,被一笔欠款挪用了。
> 拜占庭只是一个登记过的景点,其出口
> 两面都带粘胶。一种透明的虚无性
> 如鸟笼般悬挂着,赋予现实以能见度。

每个人进去后，都变得像呵气那么稀薄。

　　这只是一首诗的约二十分之一，但它是如此灵验地打开了我关于威尼斯的一切，我知道的和不知道的，关于这城市的风景、历史、传说，还有这游历者或过客，所能够背负的一切。但这一切只在他的"思与在"中存活，而在我的语言世界里，就仿佛是那座古老的通向密闭牢狱的"叹息桥"一样，压抑、兴奋、晦暗，只剩一声短促而缥缈的叹息。

　　"那么，威尼斯呢？"

　　是的，它在语言中醒来，然后又在风中逝去，最后留驻在欧阳江河式的黄昏里。

2

　　在诗歌中的欧阳江河，即使不是一个圣者，也是一个十足的智者，他用全部的诗歌写作，实现了一个智者的形象、一个具有"玄学气质"的思想者的范儿。不过在日常生活中，他却一直努力成为一个俗人。你要是请他吃饭，他会说今天的菜是我吃过的最好的；你要请他喝酒，他会说这酒真不亚于茅台；你要请他喝茶，他会把你的茶赞美成一朵花，味道堪比舒伯特、瓦格纳晚期的音乐。

　　所以你没有办法不在敬重的同时，喜欢他这个人。生活中的欧阳江河常常会让人产生错乱感，这就是那个写出了《玻璃工厂》《傍晚穿过广场》《凤凰》乃至《苏武牧羊》的欧阳江河吗？只要愿意，他什么时候都能欣然走下云中的神坛，笑嘻嘻地和你站在一起，手里端着酒杯，与你称兄道弟，甚至口占俗词儿，顷刻间万丈红尘。

　　所以欧阳江河的酒局多、活动多，缘何？因为他从不掀桌子、砸场子，请他吃饭的人除了仰慕他的诗名和才华，还会欣然于他满满的"正能量"——会把你的菜和酒夸到天上，会带给你一整晚的快乐，把你阴郁的情绪一扫而光。还有开会，任何场合只要他在，就不会冷场，任何话题只要到了他那里，就不用担心不会升腾到云的高度。

　　当然，一旦把话筒交给了他，那也就意味着你甭想按点儿开饭了。因为只要他打开了话匣子，就没有别人什么事儿了。

我一下子把话题又拉这么低，是想让读者知道，诗人并非不食人间烟火。当年李白和苏东坡也是这样，走到哪儿吃到哪儿，好酒喝到哪儿，偶尔还会写些"桃花潭水深千尺，不及汪伦送我情"之类的俗句，来支应朋友。《赠汪伦》那么有名的一首诗，可是你打听一下汪伦是谁，谁会知道，不过就是喜欢做东的酒友而已。

可是你会觉得他们俗么？当然不会。所以我会和他说，江河兄，我是会允许你"俗"的，你怎么俗都可以，因为只有大诗人才有俗的资本——在别人那儿是恶俗，在你这儿便是大雅。

自然是玩笑，他也就高兴地哈哈大笑一番。

但也有话不投机的时候，这时欧阳江河也是个十足的"暴脾气"，也会马上翻脸，光是我亲自见过的就有几次。但是和山东人不一样，他不会上拳头，四川人虽然脾气暴，但不会真的像山东人那样，动辄拼老命，出手没轻重。他们无非是语言上使劲，声音大，嗓门儿突然高上去罢了。江河也是这样，吵起来嗓门大到顶破屋子，事后却不记仇，再见面时还跟没事儿人一样，这就很可爱。诗人嘛，没点儿率性也不好玩，而没点儿赤子心胸也不可敬。

江河随时会穿越，从红尘到殿堂，从古人到今人，从纸上到现实，也就是一秒钟的事儿。顷刻间他摇身又变回智者的肉身。

西川曾说，没有欧阳江河不能谈的话题，只要你有题目。大部分时候他都不需要做什么准备，只要开口就如悬河。有时话题离他的惯常稍远，他会在前几分钟里有些许犹疑，"开始他自己也确实不知道在说什么，但是几分钟以后，他会突然找到一个切入点"，然后就把这个问题变成一个高级的、玄学的、世界性的话题，然后从老子到康德，从本雅明到德里达，从苏格拉底一直到齐泽克……直到把这问题变成一个贯通古今、纵横八荒、上天入地的题目。

所以，欧阳江河既不是日常生活中的俗人，也不是奥林匹斯或昆仑山上的仙人，而就是一个现实中的智者。他的思想本身你也许不一定赞同，但你无法否认，他是当代中国诗人中"最具思想能力"的一位。"思"在海德格尔那里是动词，在他这儿是永动词，"诗学"仅仅是他庞大思想场中的一个小界面。不过由他所生产的"中年写作""减速诗学""异质混成""作为幽灵的写作"等概念，至今依然是当代诗歌最具原创性和引领性，也最敏感地回应着当代历史的概念。

3

再说说欧阳江河的俗故事——我常想,现如今人们对李白的了解,也就限于"酒中仙""谪仙人"那点事儿,很少有真实的故事。为何?就是缘于当世友人的手懒,没把他那些靠谱的不靠谱的事迹,都一一记录下来,所以才使得研究者倍感材料的贫乏。作为与他混迹多年的"老盆友",自然应该照实了说,绝不为贤者讳。

欧阳江河"喜欢丢东西"——这么说是因为他太容易兴奋,一兴奋就会魂不守舍,就会与现实发生脱节,然后就开始丢三落四。当然,他肯定不会把自己也丢了,甚至会把别人也"拐"了来,但他的手机却换得特别勤。

我与他同行的出游经历中,至少有三分之二的次数,关于他的手机都出现了离奇的故事。一次是手机掉入了公厕的马桶里,找人捞上来,发现主板已烧坏了,再找人去修,致使行程耽误了半天。有两次手机丢到了高铁上,其中一次我拜托了铁路公安的诗人朋友,追踪数千公里,硬是帮他找回来了;还有一次,是他从外地回来,发现手机又不见了,我再次找到铁路公安的朋友,这次人家与多处同行协力找了一个星期,最后表示非常沮丧,觉得失了铁路公安的面子,因为他们多年来几乎从没有失手过。可是过了一个星期后,欧阳江河突然从自己的行李箱中找到了手机,连他自己都纳闷:自己一路都在刷手机,出站时也要用它打车,而行李箱锁得好好的,从行李架上回到家中,是何时,又因何,这手机竟然钻到了箱子里?

还没完,还有一次,欧阳江河到学校来参加活动,他一脸春风来到我的办公室,还没落座就接到一个电话,人家问他是不是把别人的手机拿走了,他说,不可能啊!一边说着,一边从口袋里又掏出了一部一模一样的——原来,他把别人的手机当成自己的给"顺"来了。人家那边本已准备报案,我赶紧抢过手机对人家解释,说我是他同事,我保证我们的这位先生是良民,确乎是不小心拿错了。原来是他刚刚在咖啡馆买单时,误把桌子上的一位女士的手机装进了自己的口袋。

捅出这些奇葩"娄子",我相信江河兄绝然不是撒娇,虽然我们都开他的玩笑，说他是被亚娅——他的年轻太太"惯"出来的，但也委实有点冤枉别人了。不是别人惯他，而是他自己"惯着"自己。而且是有选择的，因为他关于旅行方面实在是十足的"老江湖"，一旦出国，他便细心得毫发无误，从没出过什么问题。那一次，在开罗不远的胡夫大金字塔下，我被一群居心不良的当地小贩给困住了，他却轻松地躲了过去，且又回来帮我解围，不然可真要麻烦了。他用英语大声地说着："No, you must be stop！"那些仿佛从电影《木乃伊》中钻出来的长衫贩们，在一个东方面孔的小个子面前，居然一哄而散了。

那一刻我顿然觉得江河兄变得十分高大。

说到他的英语，他经常说自己会一点，但是很"烂"。可他喜欢用烂英语交流，一旦喝到三两以后，那英文水平会突然好出若干个量级。西川说，"江河是可以用100个英语单词讨论哲学问题的"，西川是北大英文系毕业的，跑遍了全世界，英语自然属殿堂正宗，别人的那点儿货，在他那里都不叫事儿。但他这么说，可不纯然是调笑江河，而是在夸赞他的交流能力。

诚哉斯言。我多次领教过江河兄英文的厉害——他确乎用最少的英文词语，实现了最大的交流效果。这在中国的诗人和作家中，可谓是独一无二的。中国人大都羞涩，不太擅长与外国人当面交流，尤其不愿意"拽"外文，即便是有的人英文稍好点，和老外在一起也都寡言少语，打完招呼就哑火了。但江河却不会，他会一直借着酒劲儿飙英文，仿佛武松的醉拳，喝一分酒就有一分的力气，他是喝一分酒就有一分的熟练度。

而且到最后，那些个老外，无不与他勾肩搭背，成了哥们儿。

4

1987年，我在《诗刊》上读到了欧阳江河的那首《玻璃工厂》，这是他继长诗《悬棺》之后又一次惊到我。1990年代初，我在一本诗选中读到了博尔赫斯的那首著名的《镜子》，感觉到这首诗与《玻璃工厂》似乎存在着某种奇怪的"互文"。很多年后，我越来越觉得这两首诗之间，存在着惊人的"可对读性"，但我确信，江河在写《玻璃工厂》的时候，并没有读到博尔赫斯的诗。之所以会有这样的"所见略同"，是因为他们都是智者，他们的写作属于接近的类型——即"元诗型写作"，喜欢将事物穷究极问，做追根刨底的分析，以及"关于分析的分析"。

博尔赫斯写的是"镜子",欧阳江河写的是"玻璃",镜子当然是玻璃做的——在现代的意义上,玻璃本身也有镜子的性质;但镜子是单面的,玻璃是透明的,更加有虚无感。所以,两首诗都充满挑战,须直接面对"镜像""幻影""虚无""悖反"这类哲学性的元命题。这使得它们都没有办法不成为方法论意义上的"元诗"。而且通过不断的对读,我发现,它们在结构上也有着共同的"流转的分析性",大量使用流动的"转喻",不断地展开关于镜像与存在的讨论与分析……这说明什么呢?说明大诗人之间,确乎存在着某种共同的东西。老博尔赫斯从镜子说到了水面,又说到了大理石的桌面,再回到手中一面具体的镜子,再到"照妖的镜子""上帝的反影"一般的镜子,或者镜子一般的造物主的反影;而欧阳江河则是由玻璃延展到"工厂附近是大海",再到火焰中的石头、流动的液体……他们都是在说镜像或者诗歌的诞生、语言与思想的诞生、人的主体性的诞生,还有这一切本身的虚无与虚幻,等等。

我知道不能把"印象记"弄成诗学分析——我的意思是,欧阳江河是我们这个时代罕有的具有方法论意义的诗人,他的解构性、当代性与综合性,其实已超出了博尔赫斯。他从很早、很年轻的时候就具有了这种气质,不只《玻璃工厂》,短诗《手枪》《汉英之间》、长诗《那么,威尼斯呢》《凤凰》,以及近年的《埃及行星》《圣僧八思巴》《苏武牧羊》也都是类似的作品。

欧阳江河的方法论意义,在我看来大概表现在三个方面。首先,他是"第三代诗人"中最早具有"语言的分析性"的诗人,因此我以为他是可以被称为中国式的"玄学派"或"玄言派"的诗人的。玄学意味着对于所使用的语言本身,要进行反思性的分析,即老子所说的"名可名,非常名"。这使得欧阳江河在最早的时候,就成为一个"反抒情的诗人",或者说他对于前人不假思索就使用的抒情语言,进行了当代性的"分拆",一下将这些语言在敞开的同时,也都尽行"废黜"了——当然,他废黜的是语言中旧的无意识,打开的则是其可能的"元意义"与更多意义。

但更重要的是他的第二点,即他是有"总体性能力"的诗人。很多年之后,我们再回过头来看,因为有欧阳江河的诗,所谓的"时代"或"历史",在诗歌中才会有断代和延续。当然,有这类抱负的诗人可能还有很多,但在海子之后,能够处理"文明主题"的诗人已经没有了,能够真正处理"时代主题"的诗人也已少之又少。而且武断一点说，可以"正面强攻"式地处理时代的诗人，唯欧阳江河而已。当然对他来说，哲学化是一个途径，如《汉英之间》和《玻璃工厂》一类，但这也会导致写作的"非历史化"，或者"无风险的中性写作"。但毕竟欧阳江河也写了《傍晚穿过广场》这样的诗，也啃过《凤凰》那样的硬骨头。我总在想，因为有了这样的诗篇，中国诗人在巨大的历史转折中，才可以说没有缺席。

还有一点，就是他的"异质混成"构想，正因为这一主张，汉语诗歌的语义容量和表现力，才有了质的飞跃。当然完成这一实践的不只是他个人，但在诗学的意义上给出命名的，却不是别人。欧阳江河和"第三代"中其他最杰出的诗人一起，实现了汉语诗歌的当代性变革，赋予了汉语以更大的弹性、更丰富的历史与文化的载力，以及更具有分析性、自我悖反意味的质地。

5

我好像没有办法只谈一个日常生活中的欧阳江河，而必须顺道儿谈一谈他的诗，这个"印象记"才称得上完整。现在，我必须适时回来，再来说说作为朋友的欧阳江河。与欧阳江河这样的人生在同一个时代、同一个场域是幸运的，因为可以随时从他那儿得到启发，得到看问题的不一样的角度；但另一方面也是不幸的，因为大诗人通常都具有强大的精神吞噬力，会让你的存在变得更加可疑和渺小。这是没有办法的事。

2015年的盛夏，我和欧阳江河、作家艾伟，还有北师大出版社的两位同事，应邀到约旦参加中国主题书展。那一趟旅行，让我见识了江河的另一面。在主活动结束后，我们去参观了约旦南方沙漠深处的"佩特拉古城"。这古城是东罗马时期的建筑，非常壮观，也是好莱坞大片《夺宝奇兵》的外景地。古城隐藏在一座巨大的山中，令人畏惧而又向往。盛夏时的阿拉伯世界如同火星一般，举目望去寸草不见，亦看不到一滴地表水，只有茫茫的赭色沙漠。我们乘坐着一辆奔驰牌的商务车，如同坐在一艘探险船上，一路设想着会随时变成掉入烤箱的咸鱼，既兴奋又感慨着，来到了那座如同铁锈包裹的赭红色的山前。

车子只能抵达距古城遗址一公里附近的停车场，我们要在近五十度的高温下，顶着烈日步行前往。我自来身体状况一般，举着伞，一路蹒跚着，往山谷中的古城方向走着。其他的几位也都举着阳伞，奋力走在碎石路上。只有欧阳江河，根本不打伞，闲庭信步般走在烈日下，还兴致勃勃地谈论着。说来也奇了，那山外表荒蛮，山谷中却别有洞天，居然有了植物，路边不时能看到一小簇的芦苇，偶尔会有一两棵小树在骄阳下摇曳。穿过山谷中的小路，里面陡然出现了一座浩大的罗马古城，在山壁上，前人开凿了无数巨型的岩窟、宫殿，以及罗马式建筑，据说那时此处可以居住十万人。城中有半圆的下沉式罗马剧场，有市政厅、法院、浴场，甚至还有监狱，简直匪夷所思。

关键是，在最初的兴奋之后，我很快就走不动了，在路边一个凉棚下坐下来喘息，那几位同行的朋友虽然走得远一些，但也都渐渐少了精神头，依次在路边阴凉里休息。唯有不打伞的欧阳江河，一直走到了古城的尽头，然后又大踏步地回转，来到我们的跟前，兴致勃勃地介绍前面他看到的风景。

我吃惊的是，这位江河兄平时从不锻炼，哪来的体能和精力，致使他永远像一架机器那样高速运转，从不知疲倦？

回程中，在古城附近的另一座有居民的小镇上，我们来到一家羊肉馆，约旦方面的朋友给我们点了一大锅羊肉，少说也有四十斤。我从来没见过如此吃羊肉的阵势，足见阿拉伯兄弟的真诚和厚道，我们每个人可能都经历了一生中最饕餮的一顿大餐。最后离开前，陪同我们的安曼文化局官员萨米尔，也是一位作家，他建议我们每人吃掉自己盘子里的那一份，我看到只有江河兄，不折不扣地完成了任务。

回程中的江河，依然志得意满，不见半点倦容。

后来我曾专门与他探讨，为什么他从不锻炼身体，却总有着过人精力？他的回答是，年轻时当兵养成了好身体。而我的结论是，他直到逼近退休年龄的时候，才步入了体制，从没有受到过"单位的蹂躏"。

当然，这一切都属于玩笑，一个人的身体，从根本上还是爹妈给的，又是自己的性格与心态所塑造的，江河是一个永远乐天的"达人"，所以身体感受会比常人好。而且这些年他愈发从容潇洒，放诞无忌，即使血糖高也几乎从不忌口，他自称是"作为幽灵活着的人"，所以也就不会老去。

欧阳江河改变了我们关于诗人的定义，比如说从屈原到杜甫，再到李煜，那种冤屈的、苦命的或颓废者的形象。他是一个智者，比苏东坡还洒脱，比黄山谷还通达，从他那儿看不到愁眉苦脸和顾影自怜，看到的永远是对人生的恣意享受，对事物的敏捷好奇。仿佛一架诗歌的永动机，欧阳江河在不停歇地、不知疲倦地奔涌着，飞速转动着。他骄傲地、愉悦地享受着命运给予的一切。

"我是老男孩欧阳江河。"他毫不含糊地说，然后就是他那特有的放声朗笑。

6

如果欧阳江河有一个前世，那么此人是谁呢？我不知道。但我希望他是庄周，那个有几分撒娇又百分百执着的庄子，那个梦蝶之后，发出了迷惑他人又迷惑自己的天真追问的庄子。

> 蝴蝶，与我们无关的自怜之火。
> 庞大的空虚来自如此娇小的身段，
> 无助的哀告，一点力气都没有。
> 你梦想从蝴蝶脱身出来，
> 但蝴蝶本身也是梦，比你的梦更深。

我一直认为庄子是语言的大师，也是最早对语言本身保有警惕和反思的哲人，但他也有"知止"难言的时候。比如在这只于梦中蹁跹的蝴蝶面前，他就犹疑了，他感到无法描述，而只能做出一个含糊其词和故作高深的追问。可是欧阳江河并不畏惧，他越过表达与言说，而直指可疑的叙述与犹疑的话语本身，铺开并且剥离了那只蝴蝶的翅膀，将之拍死为一枚蝴蝶状的"胸针"，在对这一古老的追问做出了现代式解释的同时，也给出了反讽。

这就是欧阳江河，乘着他自制的"凤凰"，或是干脆化身为一只"蝴蝶"，在通向语言的荆棘之路上，在词语的陷阱旁边，在堆积成山的词的废墟之上，在这一切构成的幻象与梦境之中，闪转腾挪，一路向前。

第一次身处海浪

/ 傅元峰

傅元峰，2003 年毕业于南京大学文学院，获文学博士学位，现为南京大学中国新文学研究中心新诗研究所教授，博士生导师。主要从事当代小说、诗歌研究。曾主持教育部社科基金项目"中国当代诗歌民刊研究"、国家社科基金项目"新诗抒情主体研究"等多项，著有《思想的狐狸》《寻找当代汉诗的矿脉》《景象的困厄》《月亮以各种方式升起》等。2008 年赴韩国岭南大学执教一年，2014 年赴日本东京大学访学一年。

和浮雕上的羊共有一条舌头

浮雕上的人还在往前走,
有一头羊扭头看向我。

透过它的眼神,我知道
身后跟来了什么。

我不能回头惊动那些东西。
六盘山的豁口装着沸腾的尘世,包括

昨夜围着四个煮熟的羊头喝酒,
掰开其中一只,品尝了它的舌头:
我的舌头,也被什么品尝了。

现在,我们的舌头,要伸进
一片要下雨的天空。

晚　年

事物都太熟悉了,
包括没有见过的。

太阳升起来,
新的一天开始没有多久,
就很旧。

事物都太陌生了,
包括每天见的。

我的家在哪里,

太阳
什么时候才能那样升起?

还是很乱地生活着。很想静下来,
什么都不做,
一切照样结束。

灵武县的树荫

车过灵武县,沿途看到枣树荫。
渴望歇息其间。

像有过亲人,
有过这种树荫。

掠过它们,
可不断确认自身为必死之物。

可有临终的羞耻之心——
不能让送我去机场的朋友停车,
熄灭终点,以闲坐于那树荫之下。

可用几分钟在灵武县的集市永生:
围一堆枣子讨价还价,
装作是每天拥有这些树荫的人。

大　雪

正午,绕过市集
人世,突然安静下来

接下来看到的山林

荡漾着深海才有的波纹

再往前走
熟悉的事物命悬一线
彼岸作为谜底开始喧哗

所有的伺服
不再带有族类和血缘的目的

回头看看
一场大雪被悄悄擦除了
那场纷纷扬扬曾经被全世界证明的雪

不仅已经融化
也已经可以没有下过

秋天的地铁：悼张继军

地铁从地下钻出来。
在秋天特有的明亮里，
对面有一双一尘不染的鞋子。
就在它对面，想到前不久
张继军死了。他的画独自活着，
那些人生的全景，
每一天都变成了线条。
在所有画里，他没提供能进入的一天，
没能提供可坐的一把椅子。
所以，我有时愿意和他喝杯咖啡，
像一根电线杆去爬另一根电线杆那样聊天。
一起结结巴巴地赞美对方
那种瘦削的闲聊，
偶尔使线条管变为列车。

偶尔，也从地下钻出来。
偶尔钻进一个秋日。
就是穿着对面这种干净鞋子，
他从打开的一扇车门匆匆走出去，
不知去干什么，
忘拿了自己的行李。

尺蠖与摩托

我最近总爱说，算了吧，算了吧。
不断说，说到任何地面都不愿意支撑
我的双足。

这是我的第一变：
从天空吊下来的一只尺蠖。
气若游丝。

是在哪里？我能仔细听了听它
紧抱着一个活在耳蜗的人。

我又在那里说，出来吧，出来吧，
反正都已淹死在一条激流。

他们真的来了。不是花朵。
湿淋淋的，去说明返回尘世的必要。

不是四季，因此可以触及花果。
从不提供味觉，装作离你很远。

他们训斥悬停在风中的我
作为陶俑从不兑现血肉，又作为木偶
寻根几无可能。一切仅存于

能碰出细微声响的胸腔。

于是,年过半百。
骨头松脆的老年,我想买一辆摩托,
骤然冲出尺蠖的一伸一屈。

没有别的可能。在最后买到的一本书里,
一位工匠,反复雕琢飞奔的姿势——

在先锋书店这样挂满机车的地方,
我练习了三天三夜。以为已经跨上了最强劲的马达。

孙清,一位既有知识又有经验的店员,
将一杯咖啡倾倒在我堂·吉诃德的幻影中。

那是一个少雨的冬天。捡起一枚枯叶,
我兴奋地说,教授,你听到了油门的轰响?

孙清开始翻读这个疑问的历史。一个帝国,为了维持
它的名词的,那本厚重的病历。

后来,他翻到了一道闪电。

7月3日,暴雨。一只青虫在瞬间躲在
故乡的背面。这种认知不属于劳作的意义,
当它被忽略在类本质之外。它说世间有千万支笔
在剽窃风狂雨骤,只有它的爬动是一种无法模仿的
创作。

摩托车奔跑在这只青虫的危机里。故乡被
克里姆特装上了新的橡胶车轮。这种金黄色的镶嵌
多么不动声色。尤其在祖父祖母合葬的半圆形坟墓里

流淌的日常生活的乳汁，宣告我正在抚摸的这只乳房
是另外一座坟墓。

时间中的一场会议在向我呼救。在它的正确性
的荒原之外，诗句静静等待着
天一点点亮起来。但我没有跟随这一天的成熟。

我知道，任何形式的丰收，都不属于摩托。
用灶灰处理脐带并活下来的老汉，骑跨在
一辆崭新的绿色川崎上。他在拥堵的大街上
看了一眼提供我半生服装的小店。膨大的骚绿色油箱
让他的肉身成为机械短暂的旗帜。

卷烟厂的门卫看见黄金时代的会计走过
他暗藏的匕首。与此同时，马达开始轰鸣。
他看见了飞机。

在一首童谣里，他追赶上了我的祖父。
一位排行老五的民兵正在田头的林荫中
下棋。在孔子的规训里，他接受
自己成为祖父。

片面的祖父死在 89 岁。剩下的尘世，
是一支乐队维持的一个人鲜活的完整。

摩托车在欧拉颠簸了很久，最后跨越了一面血亲的高墙。
傍晚，一个满身泥点的好汉从车上滚落。他双胯一松，生下一头老牛。

一只被叫作吊死鬼的尺蠖，
就反复摇荡在这头牛的农业里。

桃林中的黄河

一片暮春的桃林中
有我的老黄河

风中落花纷纷
斥责父亲疏于生根,没能留住寸土

在中年疏松的河岸,有些骄傲
已失去了立锥之地

他本想申辩
但消逝在这种想法的激流里

桃林间的黄河翻滚
不只是带走他和他的女儿

这片桃林,也被他生下的黄河
带走了

在那深邃的林间,我的浑浊
常像黄河一样清澈

生产之夜

祖母对隔壁家的顽童说,
恁大哥,走吧,回家吃饭。

随后丧失儿童双眼的那阵黑暗里,
我爹生在一个洗脸盆里。

很想在女儿生下来的这个夜晚，
关闭眼睛。让巫师被唱诵带走。

助产士劝说进步和明亮
在产房的门口稍息。
纯洁的黑暗迟迟未来。

一种单纯的经历，
不愿意开始。

后来，我驾车外出觅食。
女儿生下来。黑暗以一种幸福的哭腔
夸奖了一个不在场的父亲。

树梢：己亥春节纪事

除夕那天，菜市场空了
我走到平常买老豆腐的地方，安静站了一会

当你做没有人做的事
就如鸟飞上树梢

想起这些年来，看天空，仅看树梢之上，不及云霓；
身体的空乏，大概只有最后的火才能烧尽

那天的菜市场给我一座空庙
我是我看到的；
我深知树梢上可停留什么

已 经

1
我种下的泥巴
已长出了荷叶和叮咬它的蚊虫

我种下的蚊虫
已走到遥远的雷雨里

千里返乡
摆下供品

当我烧纸,雷雨将至
我有愕然;我有躲闪不及

2
时光那么快
我们是跟不上的

我们的界碑都老了
(墓碑是不老的么)

那么快
一定忽略了一位妄图长生的老人

我们拆除他
沿着哲学的幻影

我们的工程浩繁
但已被别人完成

3
我如果能回农事
但没有熟悉的人，那些工具，多么可笑

我如果能回故乡
但新生的村巷和它的生机，并不指引童年的道路

我如果能见到熟悉的人
能回到童年

我的仇恨会复活吗
我的菩萨会跟随吗

黑

落日草草
山不断归于黑

生于光的事物
都在认死

那么黑。怎会有山道
怎会走出一个人

此刻，我来自哪里
如此生动
一块石头因我滚下山坡

那么黑。即使是一条伪装成活着的鲇鱼
也重新死掉了

是谁目送那块滚石归于静止

而那鲇鱼黑色的动
　　就像冬季的水渠
　　高架在深沉的水库上？

东游：悼孝阳

　　雪又下了
　　我们用来盛雪的罐子很不一样
　　但雪是相同的

　　太阳又出来了
　　我们曾用力说话，想在玄武湖北岸投下影子
　　但一切有命的，都曾示弱过

　　又看见城墙断口处的钢梁很轻
　　不足以走过越来越庞大的王朝

　　但你突然走了过去
　　快得让所有会动的，都停了下来

　　但另一个你停在那里
　　被所有人轻快路过了

　　我对你的路过，也暂时无法不在一种趋同中：
　　又去寺里拜佛，有些仓促
　　又与人谈笑，或轻或重

我坐在那里，像个老女人

　　我坐在那里
　　不仅低眉顺耳
　　所有的东西都耷拉下来

不仅乳房向大地低垂
所有的皮肉和骨头
都不想抗拒塌陷
心中充满了路口
允许每一个人通过
在李子的细花里
有一种根深蒂固的灰色应和着我
意识到不会惊扰任何人
一个男子起身走了
留下我的坐空旷
我的坐静寂
我的坐
第一次深深模仿了祖母

皮　箱

"不要写这个（皮箱），
只是和你描述中的我一样。
我不是这个。"

我留下母亲的一只皮箱，
纪念她的离开。

那只皮箱落满了灰尘，
还是一副要走的样子。

一朵刚绽放的樱花手里，
拉着一只黑皮箱。

因她整夜都在打点行李，
我不去车站，不去三月的梅花山。

那里有一些短途旅行消逝了，
还有很多东西走出了那只皮箱。

皮箱在房间的角落里生长。
五年后，我写到它时，
母亲似乎轻轻否认了尘世。

蜷　缩

对不起。一棵白菜的蜷缩
我怎么也说不明白
下雪了，我去看它
在菜心处，一些雪像我一样在
陌生人的门外徘徊。那些卷合
娇弱得像是你不敢踩踏的
女儿的命令。而当那巨大的水闸
断然悬空，在枯水期，你只能
和白菜一起，深深蜷缩在更凉白的生念里
那么深，以致牙齿咬到了自己的心肺
在那里，有花朵向自己腐朽的果实躲藏，带着
无名的惊恐而又不敢说明。一棵白菜的脆弱里
有那么坚硬的事物：祖父的火柴被丢进
雨天；洗一床年迈祖母的棉被，又不能
向她解释为什么。当一棵白菜冷冷地面对我
所有能说出来的懊悔，又在雪中
发出继续逃回内室的声响。我领着女儿去细听
一些听到但不能说出的东西，并试图亲吻
她已经很像我的脸颊。她躲避了几次
我也就像一棵白菜，不仅仅是
欢笑了几次，和，抽泣了几次

黑夜搬家

看到夕阳里的一个村子即将搬空,但它
似乎在写我的传记,已写到比我还要
老十年的光景。暮色里,山路不想
伸向远方。它的剩余让人绝望。余生
不想再收拾房间。但村中的流浪汉开始生火,
他的锅里没有什么好吃的。偶尔有阵烟雾
带着父母被子晒过后的那种香味。为什么
要从残砖剩瓦中,学他搬走一个漏水的罐子?
等我滚动这只罐子,经过他的立足之地,
黑夜正在降临。心中的通透慢慢消失,眼前
多出一些衣物、碗碟,多出鸡鸣狗叫、生离死别。
我坐在熄火的汽车上,突然觉得夜长梦多,
人生,似有家可搬。

戴上眼镜,看清楚了鸡蛋

戴上眼镜,
看清楚了手中的鸡蛋。

为什么清晰得全身
只想剩下眼睛?

清晰到一片丛林在蛋壳上升起。
丛林里甚至有一顶旧帽子。

帽子下边,有躲雨的麦子。它们
那么喜悦,挤在干燥的粮仓。

摘下眼镜,鸡蛋又模糊了。

我需要眼镜生下的清晰吗？

不需要。带着一团模糊，跌跌撞撞，
朝不愿意的地方走去。

错失的发掘

一枚陶片说："六朝浅显。"
那再深一些——

时近中午，万物黑沉如土。
听到一把考古铲的凿凿之音。

带着即将被挖出的喜悦，
我成为古陶片的亲人。

我急切问它："他们还活着？
只是涂满时间的釉彩？"

时光不停藏我，深而不露。
周围没有相同的疑问，没有
可以回答我的任何一个。

朴树的可能：壬寅鬼月纪事

我持有我桌板上朴树的生命，
它用枯叶舀水喝。

我持有在我眼前死去的人，
至今还在梦中抢救。

有片黄叶不再替朴树讨水，

于应然里撞向桌面。

那是秋天来了。一种东西掠过心头,
突然带来一片森林。

那是我要到林中,抹除行经此地的悲哀。向它索要
永不腐败的箧奁,深藏一单尼姑的争讼:

作为受害者,她在佛殿,停下诵念
替死人认罪;她走进牢笼,就像宽阔的
长江愿意折返,又流回那些微不足道的源头。

在朴树的森林,我所有的路
愿像她不远于鼻息,如蜂在巢,如蚁在穴。

第一次身处海浪

抱着女儿,指给她看
海面上阴沉的猛兽。

它沿视平线逼近。
庞大汹涌,不可否认。

最初,她惊喜地看着它,
像凝望隔世的祖母远道而来。

最后,她闭眼,
埋头在肩,断然否认了它。

抱紧女儿,作为最后的监护人,
丢掉自己的姿势,成为海浪完全的附庸。

重新上岸，我已是女儿
深感恐惧的事物的一部分。
也是她，快乐的一部分。

儿童与道士：悼林建法

为什么人们思念还活着的你，
需要倒空满腹经纶的自己？

终生都在编辑一个庞大文字废墟
上的童年，这使你无法被彻底经验。

2014年，文学很大；你磕绊了一下，走向小：
一堆文学会议沙化了，被倾泻到只剩你一个人。

没有经典的时代。所有的文字都只是
成就了一个编辑执拗的向道之心。

在你勤奋的编织中，一些舌头悬挂起来，
语言在空转，汉语的星空凝滞而微茫。

时近六月，永罚消失了。文学和医疗不再跟随。
一个孩子，手拉初夏的道士，静静走进熄灭的蜡烛。

伤天记

天地混沌。
唯独发生在母亲身上的灾难，
清澈见底。

子宫里，
没有可证之物。

母亲的任何耻辱，如日中天，
不可直视。

瞎眼的人！对于她纤毫毕现的血泪，任何深入
都促成了勘验的风俗和鬣狗的乐园。

跟随捕快一次次寻找她掉落的牙齿？
答应开棺验尸？

不。拂晓时分。仅需看到她蹒跚起床，
一个秘密就轰然炸裂在东方。

为何在乡绅的证词中，无人开口说：
滚开，畜生。让天塌下来！

母亲的苦难浑浊难辨。因它来时，无人缄口闭眼；
人子的愤恨里没有自责；天地唯一的美，
来自雪与土。

醉洛东江

夜宿洛东江
谋醉洛东江

品酒师！
花郎在你的舌上跳舞

晨光中我的诗思摇摇晃晃
压着小麦花连绵的险韵

你们写字，画画

在我谋醉的夜晚缠绕着落花一路向东

驱赶一匹疲惫的骆驼,摸着诗句过江
词语湿滑,沉于流沙

江面上,漂浮着热闹的糕饼米酒节
和姐姐们遥远的幸福

简短的午后

等一杯茶
等水注满容器

这个时间有连续的流
从未想过可以从中写诗

它安静
一扇门就开启在安静的脊背

另一个维度的蚂蚁爬过来了
不可能的燕子也穿越了玻璃幕墙

触须和翅膀都没有受伤
都等待
而茶已经温润了你不在场的历次呼吸

二十分钟不长
就这样留在诗歌里不再挪移

正月的阅读

我骨子里的侠

清癯地走到台城的荒草里

桌上的灰尘
拥有田畴、山道和寺庙

时光的消融
没有办法不和雪一起

就像雪霁日安静地融化
家人一个个离开

他们做到了那种纯粹的
降临和消失

他们腾空了的地方
又生下杂草、灰尘和小孩

雪又来了
像一个想品尝沙子的小孩

文明以健，清音独远
——傅元峰的"学士之眼"和"本源之诗"
/ 阿甲

    诗歌是一个文明体心路变迁的指示表。

    诗人善感，风起于青𬞟之末，动之以心，咏之以言，幽微借之以昭告，情志借之以舒展，因此之故，"诗可以兴，可以观，可以群，可以怨"。

    当代新诗四十多年的探索历程中，诗人们诗学观念和价值取向的变迁，也正好反映出一代又一代忧患之士探索精神自新之路、培筑安身立命之本的不懈努力，无论是对西方诗歌精神的借鉴学习，还是对本土日常生活体验的深化掘进、汉语古典诗歌精神的引流接续，各种前进向上的跃进在一大批有才华的诗人的探索中，也渐渐铺展为文苑一方风景。诗人们在诗歌精神的探索和诗歌语言的建构上，不断修正词与物的关系，沉淀诗学经验，形成了当代诗的一个小传统。但与此同时，反观当代诗歌创作现场，在观念林立、流派纷呈的表象之下，更是留下了许多悬而未决的问题。诗歌的表现方式和关注面向的多元化，无疑拓展了诗歌发展的河道，但当国外诗歌的译介学习日渐无法成为一种可资借鉴出新的途径时，汉语新诗河道"清淤"工作的重要性便凸显了出来。汉语新诗的境界建构等待着那个"清淤人"的出现，来正本清源，在最为根性的诗学问题上决疑释惑，在大潮之下的河道里起砂现底。而傅元峰三十年来的诗学批评实践和诗歌创作实践，一再凸显着一个汉语新诗"清淤人"的结实形象，那是极度考量一个诗人评论家的学识和判断力的工作，因为你得有真正的诗学眼界，才能看清现代汉语新诗河道的"来龙"与"去脉"，你得不断地触到一条河的底，那时真正的河床才可能显现。

一、学士之眼

许多年里，傅元峰是以诗歌评论家的身份引起广泛关注的。在2020年的一个作品研讨会上，我第一次见到傅元峰本人——清清爽爽的学者，举止大雅，一种质朴疏旷之气在我们这个时代的大学教授中尤为少见。他的气质更像一位通透的名士，果然在讲座发言时丝毫没有学究气，略略矜持的背后有一种严正的东西在。后来知道，他还是个大孝子，母亲去世后，他托做雕塑的朋友塑了一尊母亲像，供奉在家里。这样的举止，即便是在文人中也是罕见的风范了。作为一名高校老师，据说他的课堂颇受学子们欢迎。我想，除了学识深厚，他身上葆有的性情之真可能更令人难忘。傅元峰是一位见性见真的真学者、真诗人。

学问是求真的道途。粗略而言，学问有两大端。其一是辨析义理，这需要一个学者以积学之力在关键处深思并决疑的功夫，要在最上乘立得根基，在关键处、吃紧处明晰定见，不能迟疑、含混。其二是考镜源流，这是学术研究里文献爬梳和实物考据的功夫，从具体的材料做起，但持论尚需留有余地，临文以敬，论古必恕，与人与事，应有了解之同情、包容之心态。傅元峰多年沉浸新诗研究，写出了大量的诗学批评文章，这些文章的"问题意识"和所关注诗歌现象的"前瞻性"每每为诗人、学者们所称道。他于学问一道，在"辨析义理"和"考镜源流"两个方面，对汉语新诗发展流变中存在的问题及缺憾、特质及生长点，都进行了深具启示意义的考察，有着独到的见解。例如在《暧昧的当代汉语诗歌史》中，他有力驳斥了诗歌史书写中的"历史决定论"倾向，指出"诗歌史还不能是诗歌经典史，而是诗歌审美的问题史，是创伤及其修复史，而非经典认证史"。当代汉语诗歌的审美问题，主要是诗歌写作的"主体"缺失的问题，诗歌史书写要"回归诗歌本身"："诗人精神的回归和诗歌美学的回归这两个内容。"在《孱弱的抒情者——对"朦胧诗"抒情骨架与肌质的考察》中，他审理了关于"朦胧诗"描述中的无序状态，从诗学类型、精神骨架和审美肌质进行了拆析，指出："'朦胧诗'的'朦胧'并非诗学效应，而是历史事件"，是一场诗歌"阅读事故"，"对于诗人来说，置身于历史语境和某种思想壁垒，可以让他瞬间成为战士，然而，如果诗中的抒情者，也体现为对抒情有绝对的控制力的'时代思想家',诗就可能有一副病态的骨架"。在《由单质诗语到复合诗语——新世纪诗歌的一种代际特征》一文中,傅元峰从杂芜的诗歌"代际"命名中,提出了由"诗语特征"而不是"年龄层"的划分来界定并梳理诗歌"代际"变迁的观点。这是一种反身诗歌审美本身的文学史梳理方法,是本体式的内在诗质的把握,而不是社会学式的外部分析考察。这种研究进路是真正贴近诗歌本身的一种研究范式,防止了各种用外在的知识学包裹、打量造成的诗学研究中的"耽空"现象,不是"年龄层"(或时代),"诗质""诗语"的建构才是诗学研究的关键。傅元峰这种朝向诗学根本问题的考察,让诗学研究返回真正的关键点,深入到诗歌生成机制的内里,超越于平庸的习见,发人之未发,是深具建设性的诗学问题辨析和理论考察,对后学不无启示意义。

如果说傅元峰的诗学研究是"问题意识"主导下的对当代诗歌创作现场的清整梳理,是深具"学士之眼"("学士"是"学人士子"之谓)的精神关照,那么他的诗歌创作则显示出了这种精神视野考察之下自觉的诗歌主体精神建构和诗学文本实践。《月亮以各种方式升起》是他五十之年出版的首部诗集,是他长期以来进行诗学理论研究和根性问题的思考在他诗歌创作中的一种体现,是生命情怀的厚积薄发之作。整部诗集所选作品,诗艺精纯,诗语简净,是当代汉诗发展中不断整合诗学经验,抟塑主体精神,打通汉语古典诗歌神韵,趋向于一种成熟的汉诗之美的重要成果。由于其诗歌审美肌质呈现出了一种罕见的汉语诗歌"本源之诗"的创作趋向,其诗质诗语在当代诗歌语境里至为特殊,其审美创建对当代新诗创作的贡献及启示意义尚需进一步研讨,现从几个方面略做阐释。

二、三重剥离

诗人奥登在论及诗歌创作时,曾言及诗歌写作中"内在的审视"现象,他说:"诗人写作时,应该在内心组成一个检查团。这个团里应该包括,比如说一个爱挑剔的独生子,一个讲实际的家庭主妇,一个逻辑学家,一个僧侣,一个亵渎神明的小丑,甚至还应包括一个负责训练新兵的军曹。"(奥登《论写作》)傅元峰多年从事新诗研究,毫无疑问,在自己的写作中他有一种少见的清醒,古人论书时有"古不乖时,今不同弊"(孙过庭《书谱》)之说,傅元峰的诗歌写作也进行了严格的自我设限，这种限制把许多盛行于一个时代但其实是"非诗"的元素悬置了起来，他的诗歌完成了三重剥离。

第一重剥离，是情感上的剥离。诗人俱重情，所以情感的夸张滥溢也是现代诗中的一个"青年症"，浪漫主义以降，虚浮、夸饰成病，现代汉诗中那种动辄要做出"牙疼"状的诗歌比比皆是，他们往往将一己的小悲欢放大成整个人生的喟叹。在一种笃定的精神之目的打量中，傅元峰的诗歌将那些肿胀的、虚矫的、浮夸的情感元素全部滤去了。这种打量，使其诗境趋向于"冷清"，甚至"无情"，其实是他将那些发乎性情的诗性起始之因作了审定，防止词语惯性滑动而导向情感自欺，从而形成了一种诗意表述中的疏离感。而经过这种剥离后最后留下的那部分悲悯、怜惜和温情才可能是真实的，真正属己的，它稀少，但珍贵，带着生命个体独属的情感温度，这种自我审视使他的诗歌绝不滥情、矫情。其实他又是一个有深情的人，情感深隐而柔肠百结，有时候是生命偶然境遇里的个中心思，有时候又是天然涌现的对万千众生的悲悯之情。但他一直压制着那深沉的涌动，绝不漫溢，呈现出一种幽幽的"精神之氛"，它豁达、深远，往往不惦念于眼前的悲欢，细致入微，又风神旷远，他的诗歌是一种"神远"的诗歌，这是对情感进行区分并剥离的结果。德国哲人舍勒在"位格现象学"视野下对人类情感进行过区分，即"身体情感"和"精神情感"。区别于身体的生物本能感受引发的"身体情感"，"精神情感"则是一种"意向性"情感，是人身上先在地被赋予的不可剥夺不可转让的精神"位格"的体现，其中心是人自身具有最高价值，无穷无尽地促使人高贵并向神性之爱看齐的一种挚爱倾向。"位格"只能用行动来说明，是人的价值和本质出现的场所，即"人绝非一个'物'（Ding），而是一个'走向'（Richtung）"（刘小枫《人是祈祷的X》）。傅元峰的诗歌发生学，其实最大限度地剥离了那种群体性的应激式的"身体情感"，而极力拓展了"精神情感"的空间。我们可以用中国古典诗学中的"情怀"一词来指称这类"精神情感"，傅元峰是深具"情怀"的诗人。

第二重剥离，是诗歌主题上的剥离。一般很少有诗人对诗歌主题有自觉清晰的甄别与选择，傅元峰诗歌里的这种抉择，源于他敏锐的诗学素养，他有扎实的从新诗史发展的一个长时段中考察诗歌主题在时代沉浮中变迁的学术视野，并有明晰的诊断和深思，对各类诗学观念和诗歌潮流背后的意识形态变迁和诗人个体价值的抉择有深刻的认知。汉语新诗在不同的时代背景里，经常被各种不同的"非诗"因素裹挟，排练自己都不太清楚的舞蹈动作。傅元峰诗歌创作中做的限定之一，就是诗学观念上的"清淤"工作，把那些黏附在新诗背后的"非诗"之物清洗掉，剥离掉，比如特定环境下的"反抗者"姿态，比如个体日常叙事中的"低俗化"倾向，比如诗歌流派制造者的"广告心态"，比如依托于地域经验或民族人文的"造史冲动"。他的诗歌中看不到那种高亢的、社会憧憬式的诗句，也没有"青年阳刚诗人"的愤怒表情，他只是在真正属己的当下写作，他甚至有意识地弱化了时代经验在个体遭际中产生的鲜活的当即性情感冲突。在他的作品里，"诗"并不担当外部的时代之"史"的重负，"诗"只担当个体的"命运"重负、"心灵史"的重负，这种"喜欢后撤并深情地看着它"的姿态，使他的诗歌写作区别于一大批所谓"见证历史"的诗作者的"介入者"式的写作姿态，和他的诗学批评一样，他的作品是一种"反历史决定论"的精神生成，让诗歌真正返回审美本身的身位。这种"后撤"的"主题自律"的写作姿态，在"损失"掉了一部分主题呈现的丰富性的同时，使他的诗歌获得了更多的纯粹性。这种剥离了种种群体经验的诗歌书写，是对慌忙的时代话语权力表象的洞穿，而他对于一个诗人当即能触及并把握的"事""物""心界"却有一种罕见的洞明，这一点傅元峰的诗歌显得尤其卓荦特出，透露着一种洗净"嗔痴""妄念"之后的醇厚之味。佛经里说："过去心不可得，现在心不可得，未来心不可得。"（《金刚经》）这种雅正的精神气象遥遥地接续了古典汉语诗歌温柔敦厚的诗教传统。

第三重剥离，是知识学的剥离。作为一名学养深厚的学院教授，能清醒地知道"知识"的限度和边界，是非常难得也最为不易的，这也是傅元峰的诗歌区别于一大批学院派诗人和精英学者的诗歌之处。诗歌真正的落根之地，并不在"知识"。从认识论中获得的"真、善、美"的知识观念，与真正的生命价值无涉，只有在精神"位格"实践的原初决断中，在精神主体的不断确证建立中，才有属己的价值真相在。真正的"诗"，只是"一味妙悟"而已，"诗有别材，非关书也。诗有别趣，非关理也"，"不涉理路，不落言筌者，上也"（严羽《沧浪诗话》）。从"知识学"的各种各样的网罟中脱出，做"透网之鳞"，才有真诗的消息。他的诗歌里，对各种学说、知识、观念，对当即的诗歌发生的介入，做了限定和隔离，祛除那种以知识为诗，以才学为诗，以议论为诗的弊端，返向"生命情调""兴""趣"本身，他的诗歌中虽然也有阐发"理趣"的作品，但整体上诗意的落脚点并不在说理上。他让"知识学"成为窗户外的光，普照大地上的风景，而在内心的屋内，他只守那一盏心灯，照亮个体情感内那些温婉而幽暗不明的部分、触手可及的部分，所以傅元峰诗歌的调子整体趋向于内敛、就低、幽玄，但有一种深透的对生命本相的抵达。这是悬置了"知识经验"后，向"生命体验"还原的诗学路径。这种剥离使他的诗歌有着发自精神主体的对具体"事""物"的细细体味，有所"怀"，有所"寄"，有所"兴会"，用禅语般简净的语言去照亮尚属陌生的许多诗性空间。他的许多诗歌逃脱"公共性"的明晰寓意，而寄身"私密性"的个体心灵场域，诗歌减去了"知识学"重负后，有一种鲜活而直达性命根底的通达和简净。

三、"生命情调"的书写

每一个进入成熟期的诗人，其诗语发声的精神支点是全然不同的，这里既有一个诗人写作前与"世界"照面中所"思"的性质、深度和广度，又有写作中一种天然的情感态度所带出的"超越于自传的声音"（希尼语），还包括一整套语词在火焰浇铸的唇齿间滑行时自身包含的语言的"历史惯性"。傅元峰是一个有明晰的诗语发声支点的诗人，这一"支点"，他将其称为不完全等同于精神（或哲学层面）主体的抒情（或叙事）主体，傅元峰诗歌更多地趋向于一种"生命情调"的书写。"情调"不等于"情绪"，"情绪"是当即的不稳定的生物性情感，如舍勒所说的"身体情感"。傅元峰诗歌中一再地剥离了个体情绪和时代情绪，朝向一种精神望乡般的文化诗性，脱离"情绪"而抵达"生命情调"。"生命情调"是精神人格的外化，它不是一种靠外部的知识、观念建立起来的文化姿态，也不是外部世界诸相在内心感召下继起的情感流露，而是一种在生命本相的"调和"中造就的抒情主体的情感态度，它有善于"感物""应物"的一面，但又有相对恒定的生命价值趋向的内核，它有超越性意向，但又在现世的人间苦乐里。顾随先生在《驼庵诗话》中称："要在诗中表现'生的色彩'，中国自六朝以后，诗人对色彩多淡薄，近人写诗只是文辞技术功夫，不能打动人心，'生的色彩'才能动人。如何才能使'生的色彩'浓厚？第一须有'生的享乐'，此非世人所谓享乐，乃施为，生的力量的活跃。生命力最活跃，心最专一。第二须有'生的憎恨'，憎恨是不满，没有一个文学艺术家是满意于眼前现实的,唯其不满,故有创造,创造乃生于不满,生于理想。此外还要有'生的欣赏',前两种是生活中的实行者,仅此两者未必能成为诗人,诗人在前两者之外更要有'生的欣赏'。"顾先生所言这种"生的色彩"(生的享乐,生的憎恨,生的欣赏)就是近于"生命情调"的显现,这是一个于人于事用心最专一,但也能跳脱而出的"中间的位置",傅元峰称之为"挂","既是飞扬,也是沉陆"(见傅元峰《月亮以各种方式升起·跋》)。它其实是生与死、卑微与恒久、超越与贪恋、温情与无常"调和"下的一个诗性场域,在这个场域内,既是透过日常场景而导向的诗性发生,也是一个诗人在此种精神支点上建构的独属于自己的诗歌言语根基。

"不要写这个(皮箱)
只是和你描述中的我一样。
我不是这个。"

我留下母亲的一只皮箱,
纪念她的离开。

那只皮箱落满了灰尘,
还是一副要走的样子。

一朵刚绽放的樱花手里,
拉着一只黑皮箱。

因她整夜都在打点行李,
我不去车站,不去三月的梅花山。

那里有一些短途旅行消逝了,
还有很多的东西走出了那只皮箱。

皮箱在房间的角落里生长。

> 五年后，我写到了它时，
> 母亲似乎轻轻否认了尘世。
> ——《皮箱》

  这是怀念母亲的一首动人之作。作为文学中的情感"母题"，怀念母亲是写得最多也最难写的题材，各种往事、各种情感纷至沓来，一个能容装情感深度的恰切容器难寻。傅元峰找到了母亲留下的"皮箱"——一个精神和物质的双重实体，一个"客观对应物"。作为母亲用过的一个物件、一个遗物，"皮箱"被我保存，作为一种"纪念"。"那只皮箱上落满了灰尘，／还是一副要走的样子。"时间之尘在逐渐抹去已逝者"生之印记"，就连这份纪念也不想耽留人间，"一副要走的样子"。接下来推开一层，"一朵刚绽放的樱花手里，／拉着一只黑皮箱"。这是惊艳的诗句，从虚处入手写下生命的本真处境，有日本俳句般瞬间洞达真相的了悟力，生命（樱花）在绽放的时候，死（无常）已如影随形，精神的离尘和肉身的负重同时显现。诗人连续使用一种简净的双行体，诗意步步转深，每一个生命（樱花）都带着它的芳香，每一个生命也都带着它的无常（黑皮箱），这是对命运的洞彻，因为"离别"就是从一开始被赋予的恒常。"因她整夜都在打点行李，／我不去车站，不去三月的梅花山。""那里有一些短途旅行消逝了，／还有很多的东西走出了那只皮箱。""车站""三月的梅花山"都是"离别"之所，告别每天发生，而"我"浑然不觉。但在当下，在记忆的闪回中再回看时，一切又变得惊心，与母亲有关的过往仿佛又被一一召回，"很多的东西走出了那只皮箱"，"皮箱在房间的角落里生长。／五年后，我写到了它时，／母亲似乎轻轻否认了尘世。""皮箱"一直是思念之情的一个容器，现世的一切因缘都承载其中，但一切都如"皮箱"一样，是过往的、短暂的，在一种不尽的因果里。这里相承着诗歌的第一节："不要写这个（皮箱）。／只是和你描述中的我一样。／我不是这个"，"我"应放下，"皮箱"也应放下。母亲离世后，傅元峰写下了许多感人至深的诗篇，都有一种潜转往复的打动，而这首《皮箱》是五年后的一次"重临"，在时间的刻度上，略为退开一步后，在"挽留"和"消隐"之间，情感有了更好的"调和"，肉身之沉重和精神的轻逸，生的眷顾和死的无常，都在不露声色的只言片语间，是诗情诗语在专注纯正之境里的一次从容书写，情感真挚，但不郁结，言有尽而意无穷，集中体现了"生命情调"

书写的特点。

　　傅元峰的许多诗作都是从日常的、低处的一个小视角开始的，但往往在一种生命本相的亲近中达于深远之地，但这种情感情调又是具体的，属于个体面对更为深远的"生之背景"时的体察和突然相逢。许多常见的生活场景，在一种诗性直觉中，有时会引向一片陌生的幽暗，突然间成为全新的诗性空间。从熟悉之物到达陌生之地，从日常感受到达恒久持存，这是心灵在强大的直觉力中让生命"底版"现形的时刻。如这首《黑》：

　　　　落日草草
　　　　山不断归于黑

　　　　生于光的事物
　　　　都在认死

　　　　那么黑。怎么有山道
　　　　怎会走出一个人

　　　　此刻。我来自哪里
　　　　如此生动
　　　　一块石头因我滚下山坡

　　　　那么黑。即使是一条伪装成活着的鲇鱼
　　　　也重新死掉了

　　　　是谁目送那块滚石归于静止
　　　　而那鲇鱼黑色的动
　　　　就像冬季的水渠
　　　　高架在深沉的水库上？

　　这是一首将日常经验不断拓展深化后呈现的惊异之作。"落日"后进入"黑夜",这样一个日常的自然场景,被一步步拓展为一种深刻而陌生的人生况味。"落日草草/山不断归于黑",点明时刻,也暗示着一种覆灭。"生于光的事物/都在认死",由实景转入意义虚境,"生于光"是道来路,"认死"是找归途,但归途又不明晰,因为"生之途"依旧在无明里,只有"探寻"在继续。"那么黑。怎么会有山道/怎么走出一个人","寻路者"显形,隐约的"路"也在显形,但此句在一种反问句式中,又加重了"夜"的分量,因为众人皆已睡去,为何又有不眠的"寻路者"?"此刻。我来自哪里/如此生动/一块石头因我滚下山坡。"这是"行走"引出的"回响",这种不知前路的探索,道明了"我"和"世界"的关系依旧是未知的、不明的,但"生之途",探索本身却"如此生动",当下能把握的,只有这"探索"和"生动"。"那么黑。即使是一条伪装成活着的鲇鱼/也重新死掉了","那么黑",想在"世界"中"如鱼得水",但意义尚未显现,你破不了那"黑",也破不了"生之孤独"的处境,"生动"也仿佛是那种"伪装成活着的鲇鱼"的自欺,陷入"黑",仿佛宿命般地无法挣脱,所以"重新死掉了",再次转入未知之境。但那"山道上"的寻找,是有意义的,或者就是"意义"本身。"是谁目送那块滚石归于静止/而那鲇鱼黑色的动/就像冬季的水渠/高架在深沉的水库上?"这种"生之途"的运思,这种寻找,就像探"林中路"的过程,就是"意义"涌现本身,而不是某个确定的"目标""结果",所以鲇鱼"黑色(指幽暗未明)"的"动(寻找,自我辩解)",就像"冬季的水渠(已覆冰,但水流可能就在底层)高架在深沉的水库上",意义之境,那源泉,那"深沉的水库",就在这未知的陌生的"迈步"中被造就,被蓄就。这是一个暗示着生命意义寻找的大命题的运思,但却从极小的日常场景步入,层层转进,层层转深,一步步拓展开"思"的过程、"思"的秘境,从一个日常的"触点"开始,在对"外"(世界)和对"内"(内心)的双向掘进中抵达(或趋向于抵达)一个孤单生命个体意义生成的过程,言简意赅,诗艺精纯,卓越的直觉力和反思性相辅相成,颇具史蒂文斯式的对"物象"和内心"思维构架"进行双向勘察的风神。

这是一种类似于隐形"象征结构"的深度书写,它不仅仅包含着对"世界"的态度,其实还深隐着对"自我"的掘进和发现,"我"对"世界"的关照,从对象化转入情景化。"物"被"情"照亮,"情"借"物"敞亮,这时刻"生命情调"的抒发,不是对世界的描画、观察,而是一种物我相互指证相互促生的全新发现,那些因"熟视"而"无睹"的生活世界内质,重新被敞亮出来。

四、正"本"清"源"的回返

衡量一个诗人作品的风格辨识度时,不能用知识学上的某种趋向来观察,也不能用技艺的完备程度或作品题材处理中的开合度来考量,虽然这些要素是一个成熟诗人必须要做出很好处理的部分,但这并不必然导向一个诗人作品的卓异风格的形成。其实,源自内心诉求的诸要素之上的"取""舍"才是最为重要的,因为"取""舍"才导向作品精神气质呈现中的某种不可让渡的"唯一性",这种精神趣味上的"唯一性"才标识着一个诗人成熟的"主体"面貌的现形。

傅元峰的诗歌在完成诸多剥离后,保留了什么,显现了什么,从更深的背景里引出了什么?艾略特认为诗歌受庇护于一种更加古老的力量:"沉入那最原始的和被遗忘的事物,返回源头,并携带某物归来。"傅元峰的诗歌更深地返回了一种精神内在,在更为个性化,也更为原初的人与世界的关涉中为生命情感开辟了诗性言说的道途,他的诗歌昭示了一种"本源性"诗歌在当代汉语诗歌中回返的趋向,是具有诗意建构前瞻性的重要的诗歌创作实践。

其一是"本"。本者,根也,诗歌的言语之根,与其说根存在于"言说"里,而毋宁说在于"言说"前的"沉默"里,在于"言说"中的"空隙"里,在于人之为人的"根基性持存"里。这是要在"向内"寻找的过程中触到并培植起来的,现今之时,却是一个越来越"外化"的世界,人人驰心向外,追逐知识,追逐权力,陷入无边竞争。在一个似乎越来越"有理"的世界里,"性情"是没有安顿之地的。如何走向"未知",构筑"有情"的世界,走向"内在",在"内省"里寻找安身立命之处,这可能是返回诗歌原初根基的一种努力。当代汉语新诗中,我们看到过靠知识和想象搭建起巨大织体的某种仿史诗写作,看到过靠思辨处理时代巨大命题的见证性写作,也看到过傍依人文地理的边地经验开掘的地域性写作,皆试图建构成就一种诗歌奇观,但当一个诗人的"内在"不足的时候,词语编制更像是一种空心的装饰。傅元峰的诗歌里将一种内观的、当即的、整体性感通的精神内质带了出来,是对一种诗歌原初之本的挽救,是从最基础之地抟塑诗歌精神的努力,也是一再返回诗歌日常"原文",将被规化的个体"本心"天然敞开的时刻。如这首《维护》：

在一朵花的上面
有一种需要维护的东西

一双袜子破了
它还在

一个好人死了
它还在

啊！在世间我已经是个很坏的人
早晨起来，菩萨也不看我了

像每次扔掉跳缸的鱼
一个人努力扔掉尘世

一百年了，集市走动双脚
床榻滚过爱欲

但我维护的
已不在一朵花上面

  这是对心灵根基性的"维护"，也是百年里我们出离根基性生活的一种警醒和反思，朱子《仁说》有言："天地以生物为心者，而人物之生，又各得夫天地之心以为心者，此心何心？在天地则盎然生物之心，在人则温然爱人利物之心，包四德而贯四端也。""在一朵花的上面／有一种需要维护的东西"，这种"维护"，便是人感通于"生物之心"，而生出的"温然爱人利物之心"。当一种对生生之物的诚敬在的时候，"它"还在。但百年过来，我们的心变了，被欲望驱使，被"知识"蒙蔽，变得面目可憎，"菩萨也不看我了"，当我们的"心"失掉的时候，迷失开始了，苦难也就开始了。这是一种对当下生活处境的反观内省，是将人的目光调回生命本然之境遇中来，是在越来越物质化、欲望化的生活表象下，对心灵根基的重新校正。

其二是"源"。东方文明是一种虚静的高度内化的文明形态，区别于西方文明中的理性思辨和科学精神，所以也造就了一种诗性源头上的区分，汉诗之源是情兼雅怨、温柔敦厚的气质，西方诗歌之源上是希腊史诗诗剧的对抗冲突、坚执之情，文明源头上的区分也造就了不同的诗歌精神。现代汉语新诗是在特殊的启蒙场景里以一种语言革命者的姿态出场的，所以新诗语言现代性的建构，不是因语言审美的自觉本身产生的现代性跃变，这种由外因推动的激变，其实遮蔽了新诗审美肌理于古典精神传统的继承，不同时期的诗人们无不在一种"革命者"的立场上将"反传统"作为现代汉语诗歌精神的"时尚"。这种状况一再延宕了古典诗歌精神在新诗审美建构中的有效支撑，对新诗精神人格的建立和诗语的建构形成了某种阻碍，翻译体的大量风行甚至造成了语言的贫困：在一种貌似新颖的表达中，惊异于眼前的语言奇景而越来越多地失去了诗性的"言外之旨"，一种来自汉语的蕴藉简远的风神已消失殆尽。傅元峰以一双"学士之眼"将这一汉语审美特质重新打通，并在一种熔铸了东瀛幽明之美的诗语建构中，拓展出一番风神萧散简远、深具汉诗特点的新诗格调，而这一点又与他以真性情待物名世的精神人格互为表里。

> 下大雨的这个夜晚，我去做一件荒唐的事
> 但是认真地踩过了雨水里的落叶
>
> 它们和我的每一步相爱
> 穿着浸湿的皮鞋，我走得非常小心
>
> 每根树枝，都是坡道上的老街吧
> 此刻，我在外苑西路的落叶中，只剩一双脚了
>
> 我和它们很熟，学谁像谁
> 我们在雨水中不知身世的样子，让我想笑

> 那时，就像在必需的事里
> 已经很有些歪歪扭扭的自己
> 并不为人所许，却也并不为人所察
> ——《我的再寄》

　　《我的再寄》这首诗的韵致在当代汉语新诗中是不多见的，是再现唐诗中王、孟、韦、柳风神的高逸之作，是对自然风物和离尘之心的倾近。在浮世里，它们无形的力量像是对匆忙人生的某种"纠正"。"雨夜"，被生活胁迫的"我"去做"一件荒唐的事"，但有那么一个凝神的瞬间，"我"停顿住了，"我"的生活也停顿住了，只有"当下"，只有"落叶"，"它们和我每一步相爱""每根树枝，都是坡道上的老街吧／此刻，我在外苑西路的落叶中，只剩一双脚了"。"我"步入了一个情景交融、物我不分的全真境界，世俗里的"我"消失了，被忘却了，进入全然地与"落叶"的交流中，"我和它们很熟，学谁像谁／我们在雨水里不知身世的样子，让我想笑"，像是痴人痴语，其实是全然忘机，进入了冲和幽远的内照之境。王船山论诗时有个"现量"的说法，是借佛教术语谈诗，他说："现量。现者，有现在义，有现成义，有显现真实义。现在，不缘过去作影；现成，一触即觉，不假思量计较；显现真实，乃彼之体性本自如此，显现无疑，不参虚妄。"（王夫之《相宗络索》）这种当下即起、不缘他成的诗境，是很高妙的心灵通境，是在一些突临的时刻，心灵由分别境进入无分别境，脱却现世羁绊的"自在"状态。在这样一个瞬间的出神状态中，照亮的是"我"在"必需的事里"丧失掉的自己，"已经很有些歪歪扭扭的自己"既是对一种"呆板僵硬"的"标准化生活"的出离，也是反观中的了悟、救赎。在这一内心独享的时刻，"并不为人所许"是自我做主，"却也并不为人所察"是神秘的"出空"。返回诗歌的标题，诗之主旨也随即显现："寄"是"古人之寄"，是韦应物的"落叶满空山，何处寻行迹"（《寄全椒山中道士》），是柳宗元的"回风一萧瑟，林影久参差"（《南涧中题》）；"再寄"是"我"的"再寄"，斯人已远，高风难在，是对现世缧绁人生的感叹，是一次千年之下凭吊古人高怀的精神望乡。这是一种返向汉诗心灵源头的写作，在一番蕴藉幽深的诗境里，出现了真正的汉诗品格，深具"当行本色"。傅元峰的作品里，这一路遥承古典汉诗精神的作品渐具规模,已经显示出了当代新诗探索中不断整合诗学经验,返回汉文明源头,重建汉语诗性的努力。这也是他一系列诗学批评文章中清理新诗发展中的"遗留问题",以"学士之眼"开"清新之风"的创作精神的体现。汉语诗歌有望在这种努力中返回真正的河床上来。

五、有无之境

王国维诗学批评中的"境界"说影响深远。《人间词话》开篇便言:"诗(词)以境界为最上,有境界则自成高格,自有名句。""境非独谓景物也,喜怒哀乐,亦人心中之境界。故能写真景物、真感情者,谓之有境界。""境界"说将诗歌的美学问题提升到人生价值的层面上,而诗性只是一种完美人格的外化,"真境""真情"中自有"境界"。傅元峰在一次访谈中提到诗人抒情"主体"的建构问题,即诗歌中的"我"到底是谁。当代汉语诗人普遍缺少这种追问,"只有面对这个问题,诗人才能够真正有自己的语言"。比起许多少年成名的才子型诗人,傅元峰更像个沉潜晚出的诗歌"潜行者",但却是一个一出手便有成熟的主体建构和惊艳的语言尺度的诗人,他称:"诗歌要讲潮流,一个是技巧诗意这一家,涂脂抹粉和作假的。还有一家,语言最大化地简化,让主体丰富,激活一些看起来苍白的,其实是很有表达能力的东西。"(傅元峰《访谈杨键:当代诗歌的内在自我及其他》)而后面这点也正是支撑他的诗歌精神及美学旨趣的一种趋向,傅元峰诗歌品相上深具"萧散简远"之风,从诗歌语言的建构看,这主要来自两个方面,一个方面就是"语言最大化地简化",他的诗歌语言极为俭省,甚至吝啬,句式简短,跳跃性强,诗境转换极快,语义空间却开阔深远,后味无穷,有一种放弃各类意象营造、词句打磨而呈现出的疏旷浑成之美。另一个方面是"主体的丰富性",傅元峰的许多作品透着一种"生之深情"和"生之无常"交织而成的"忧郁"。但此番情感潜藏极深,哀而不伤,他既为诸种烦恼的解脱而费神,又一再地深耽于当下的人间情味,为具体的日常现实深深瞩目,生之通达里有久久的生之留恋,生之无常里有悠悠的生之伤怀,不在完全的超越性的追求里去趋向一个"弃世"的"空",而是在现世的真性真情里守住那手心里的"温热",这种有些矛盾的情感在他的诗作中显得格外真切。王国维《人间词话》里有一节是这样说的:"诗人对宇宙人生,须入乎其内,又须出乎其外。入乎其内，故有生气，出乎其外，故有高致。"这一点在傅元峰诗歌里多有贴合，"生气"与"高致"在他身上调和出一种独特的诗歌境界。傅元峰的诗歌语言趋向于简约稳健，不同作品的语调和审美特征上的差异并不突出，但这并没有弱化诗歌整体内蕴的丰富性，原因之一是他的作品主旨和选材上的开合度反而是比较大的。从文化地标来看，他生于北方齐鲁之地，但求学任教于江南，这种"胞衣之地"与"游学之地"文化上的南北差异（甚至后来游学日本时的中外差异），使诗性中多了一重蕴涵。从时间跨度看，他既"沉于今"而又"耽于古"，他既要在"生命的这段时光""深深地写景"，也屡屡在明城墙的豁口"仰头望月"。而他的诗歌旨趣也是纷繁的，有日常亲情的投射，也有全然的高蹈之境。在《惊变》中，他写道：

> 我对一棵杨梅树表达过敬意了
> 当那些麻雀在最高的枝头挑选
> 我只在树下捡拾
> 只用右手装满左手
>
> 左手托它，左手就要消失
> 唇齿咬它，唇齿就要消失
>
> 雨有一阵下得很大
> 如果我知道了它的味道——
>
> 梅雨中就只有
> 一棵自食其果的杨梅树
>
> 一个谦卑得不开花的人
> 不应偷家里藏不下的东西
>
> 杨梅树带着紫色的隐秘，不敢回家
> 在深夜的蛙鸣中数他最后的钱

这是一首"以物观物"的神奇之作。这首诗的叙事主体"我"有一种就低的、谦和的姿态:"我对一棵杨梅树表达过敬意了/当那些麻雀在最高的枝头挑选","我只在树下捡拾/只用右手装满左手",这是"触"物时的平等相待,目光甚至比"麻雀"更低。但就在这份心境里,"世界"变了。"左手托它,左手就要消失/唇齿咬它,唇齿就要消失","雨有一阵子下得很大/如果我知道了它的味道",这时的"我"完全融入"物(杨梅)"之中了,就在"物"本真的状态里,"手里""唇齿间"只有它(杨梅)。"我"感通于"物"(杨梅)的全然之体,通过触觉、味道,甚至感知到了"物"(杨梅)"生长""成就"中的"雨",这是惊人的心灵状态,"我"消隐了,"梅雨中就只有/一棵自食其果的杨梅树了",万物各安其所,"我"无所取,亦无所住,"一个谦卑得不开花的人/不应偷家里藏不下的东西",这时,已不知何者为"我",何者为"物"(杨梅)了。王国维说:"有我之境,以我观物,故物皆着我之色彩;无我之境,以物观物,故不知何者为我,何者为物。无我之境唯于静中得之。"这重"以物观物"的心灵境界殊为少见,透出的是自我("主体")泯灭后心灵的虚和高蹈之态,也只有一个诗人对于诸般"知识""分别"全然放下后,内心才有可能抵达这种不期而至的状态。"惊变"是一棵杨梅树在心灵的通境里"教育"一个人,是某个时刻心灵在"无我之境"里的深刻变化,极为殊胜。而这一切,也有力地佐证了王国维心灵"境界"决定诗歌美学的诗学论断。在汉语诗歌精神已大面积面目不清的今天,那个饱满丰赡的主体的培植建构,那个诗人在尘世担当中淘洗出的有情有义但不乏严苛的孤独之"我",才可能是诗性重建中的真正根基。这种有些耽于生命个体幽怀感发的诗学倾向,这种时间牧场里的孤芳自赏,在整个社会的进化论式的愿景里,可能才是鲜活的心灵独处时刻唯一真实的佐证。这种探身于自我修远的审美姿态,无疑执拗地守护了"生命情调"的在体性生发。时代太匆忙了,但"我"依旧要认真地救"活",认真地"踩过落叶",或"缄默"。

百年前,尼采在论及艺术创作时,告诫道:"仿效希腊人。——由于几百年来情感的夸张,一切词汇都变得模糊而肿胀了,这种情况严重地妨碍了认识。高级文化,在认识的支配(倘若不是专制)下,必须有情感的大清醒和一切词汇的强浓缩;在这方面,狄摩西尼时代的希腊人是我们的楷模。一切现代论著的特点便是夸张;即使它们简单地写下,其中的词汇仍然令人感到很古怪。周密的思考，简练，冷峻，质朴，甚至有意矫枉过正，质言之，情感的自制和沉默寡言——这是唯一的补救——此外，这种冷峻的写作方式和情感方式作为一种对照，在今天也是很有魅力的；当然，其中也有新的危险。因为严厉的冷峻和高度的热烈一样也是一种刺激手段。"（尼采《人性的，太人性的》第1卷）

傅元峰的诗歌就如雨晴后悄悄露出的杏黄果实，突然来了。它们是那种真正长足了年份的果实，是盘旋而上的年轮之树丰厚的馈赠，这样的诗要郑重地读，珍惜着读，像惦记着一个从六朝晚唐穿越风雪而来的高士的身影那样去读，那里有一个中国士子对汉语的持续擦亮——用一片无古无今的月光。

《文心雕龙·明诗篇》有言："诗者，持也，持人情性。三百之蔽，义归无邪。"

2022年6月20日于西宁南山陋室

组章

旷野无边

/ 耿林莽 [1]

人生如梦

人生如梦,什么时候才能醒来?
不知道是谁,把我扔出了岁月的尽头,无数的眼睛,排成了栅栏。

影子是一朵落花,一枚沉默的音符。
跟随我好多年,终感厌倦,飘然而去了。
遗我于此,我和我的一双踝足。
(漫长的人生旅途,游方僧的芒鞋已破)

忘川在哪里?茫茫彼岸,峭壁柔软,
那一扇门终于向我打开:
翠谷绵延,野樱花的香气扑面而来。

声 音

鱼没有声音

---

[1] 耿林莽,笔名余思,1926年生,原籍江苏如皋,后定居青岛。1945年开始发表作品,出版散文诗集《望梅》《落日也辉煌》、文学评论集《流淌的声音》等。曾获得"中国散文诗终身成就奖"、首届鲁迅散文诗奖。诗人于2023年1月5日去世。

> 蟋蟀以翅长鸣
> ——何其芳《声音》

"声音是我自己的"。
不属于太阳,月亮,也不属于哪一堵古老的墙垣。

翅膀与翅膀轻轻抖动,弹出来的声音是微弱的,却有着我自己的独特。而不
　　是鹦鹉们的学舌。

西窗又吹暗雨。诗人姜夔这样写道,不是暗雨,是暗语吧?
音乐的幽灵,一滴滴,比雨声温暖。

一只萤闻声而至了。它提着一盏小小的灯笼,闪闪烁烁。
世界上最弱小的一点微光,照亮了草间小虫,一曲孤独的苦吟。

"声音是我自己的"。
不是千人一腔的陈词滥调,也不属于指挥棒下的鼓乐齐鸣。

崖:幻觉之岸

鸟在树间的窠巢,露在地上的浅草。
树与草之间,便是那起伏跌宕的崖。

遥远,远自青铜时代燃起的,火成岩的光辉,
近呢,仿佛骑士跨在马上,或是:拳击手坦示
赤裸的胸肌。

高耸入云,直薄遥空的崖,似一支傲岸凌厉的剑。
岁月蹉跎,
孤独感伴你千年。

有一少年自远方来。

伫立崖前，目不转睛地看着，看着……
幻觉的迷雾渐渐升起迷漫。她向往着
一种肉体的柔韧，日出的暖。

少女的脚步一点点前移，她以面孔相贴：
不是石壁的冷，而是
火焰灼烫，热浪的摇滚。

饥渴千年的，小小男子汉，
那崖，
因喜悦而晕眩。

守　夜

从高处，夜的柔软的肩上，俯视：
一千只窗格中的一格，亮着淡淡的灯火。

发了黄的老照片背不出记忆，落满尘埃的草帽在提示。油纸伞纪录下满天风
　　雨，乌云们交头接耳，酝酿着持续。
一串红珠子失去抚摸，悄悄地散落了几颗。
斯蒂文斯的诗集摊在桌上，字迹模糊。十三种黑鸟一只也不曾留下，读诗的
　　人也已经高飞远走。
这一切都是不可见的：猜想、梦幻、臆断……

万家灯火陆陆续续闭上了眼睛，你却，偏不。
一夜无人，却开着灯。那么淡淡的一点迷蒙，在等着
谁的归来呢？

世界很小

世界很小很小，而人，是高大的。
地球仪旋转着，在我的案头。电风扇吹干了赤道线上的汗。

电视荧光屏上，流动着南极的冰山，一汪蔚蓝的水。

海之杯是可以一饮而尽的。

万里长城和高速公路。飞去又飞回的一双双燕子，学会了七国语言。

海棠叶子似的一瓣土地，轻轻浮动着白的闪电、绿的闪电，歌声唱醒了沉睡的山脉。

世界很小很小，而人，是高大的。

窗格上镶着一角蓝天，据说那便是宇宙。金星水星海王星，太阳系外明灭着一湾银色的沙滩。

什么时候，领着孩子去拾一簇坠落的星座，送给颤动着的小手机，翻译出贝多芬藏在那里神秘的音波。

旷野无边

落日似一面铜锣，在地平线做古典式庄重的告别，
沙沙之声，有风擦边而过，向旷野的深处走去，
旷野。旷野无边，在迷雾中收缩，漂浮。
黑黝黝的原始森林，山峦在其间潜伏，幽灵的脚步，渐行渐远。

忽听见鼓声隐隐，唢呐的呜呜，
"奥奥"，有人在唱歌："奥奥，你问我要走向何方？"歌声沙哑，反反复复。
"奥奥，我已经走到了旷野尽头"。
歌声裹着迷雾，更显模糊。

隐约间，我看见了白垩崖的残躯，似野兽的牙齿，已残缺不全。
它的周边，散列着高高低低的墓碑、坟茔。
生与死在这里切割。死亡，便是旷野的尽头么？

我听见铁锤敲击石块的声音，空空洞洞，响成一种节奏，
老石匠在雕刻墓碑，为石头镶一道最后的花边。
他不说话，只管埋着头敲，敲出了一片弥漫的粉尘。
在他身边，散列着高高低低的墓碑、坟茔。

我弯下腰,从蔓草中折下一枝野枸杞。编成红玛瑙似的珠串,放在墓碑的
　　前面,
这是死者鲜血凝成的火花,辉煌,明丽,闪闪烁烁。
生命便是如此无尽止地轮回着。

旷野无边,永远找不到它的尽头。

(选自"中国诗歌网"微信公众号,2023年1月6号)

赠友人
/ 杜绿绿

欢　乐
——赠西渡

当欢乐被匿名，
它的合法性和持久度便陷入谎言
——另一种欢乐。比方说，砍掉脑袋身体削成片的
鱼仍鼓鳃说话会使你发笑
嘴里说着残忍，铜锅水开时
你毫无迟疑地涮起鱼片
鱼嘴吞吐疑惑，实为你隐藏的快感伴奏。

若说欢乐也分等级，此种乃最浅。
犹如雪中寒鸦自称神鸟，聒噪声里
全是卑微挣扎。连它自己也不敢宣扬这
欺骗带来的短暂愉悦。
况且如今，雪势一日不如一日，
茫然之景即将澄明，
纵使它疾飞向北
也难阻幻象散去的决心。

可是，看见四方磊落之景，枯枝发出新芽，

进一步的欢乐出现,能否定论
新生代表诚恳?

你已看见:随之复苏的还有
柔软、温暖的绝望。
你察觉到
死之欢乐。

雪夜行
　　——赠黄礼孩

降温前夜,我在重读一本小说。
第二次踏上同样的路
沿途植被与分岔小径的奥秘
尽在心中,作为仅次于小说家本人的全知者
我不由劝说人物对生活做出另一种选择。

但他听见我呼唤却不动声色,
按规划好的线索行进下去。
我把来图书馆路上
拾起的黄叶夹入书中阻拦,
他头也不抬跳过这金色沟壑
奔入茫茫雪中。

那是小说里描述的一场大雪。
他走在雪中,分裂的意识让汗水从心底渗出
言行在此去往不同的方向。
一边是松林,一边是湖泊,还有一边是可能的自己。

虚弱的先生,
失去了勇气。

我拿出铅笔在书页上画着地图
期冀字迹跃出纸面
成为他去往新世界的天梯。
这一处是关键，我抚平书页与他
进入短暂的梦境。

同样的情况出现了。
他再次驱逐我，当黑夜更黑，
白雪覆盖了松林与湖水的监督
我终于想起这桩事
已发生多次。
他不再吭声，转身朝既定的路走去，
我留在雪地里
迷失来路。

不用担心，雪片落得很急，
所有痕迹很快就会消失。

游　园
——写给胡桑和厄土

从一开始，就阻碍重重
游园兴致顿减了几分，
曲径通幽处，假山不假，人亦不真。
一个接一个院子转完，
不妨收起最后的观察，来谈谈
这些体验如何表达
或不再触及。对待厌弃之物
得体之举是遗忘，
可实际上，我们最难找回自己。

当里尔克提过的夜晚降临

沉睡的某件琐事——
携带阴影回来——
我们看见：
他人；昆虫爬过枯叶；
一条船渡海靠近远山，两山间升起
不知来历的月亮。可能与
不可能的景象在眼前。
我看见你们，
你们看见我。
而我们，看不见"我"。

"我"不在具体中，
"我"只感到苦。
这是领受诗神之意的渠道？我们喝酒，
吃鲜肉月饼，
最甜的柿子放进嘴里
全是苦。无条件信任味觉、触觉
难道不好吗？我此时写下这些诗行
想起你们，修正之苦，
朋友啊。

八月的荷塘是苦的，荒草是苦的
我们捧着的野毛桃也是苦的。
毛桃有粉嫩的心
我们的心——
也曾这样柔软如
北京夏末的云。我们踏云走过马连洼，你们说：
杜绿绿，别坐下来。
站立、前行是苦的，夜摊上的啤酒是苦的
想起早逝的友人很苦……
我们身上的黑衣服同样苦。

我所在的南方,木棉也苦
人们用它来煮汤。三月大街上,
很多守在木棉树旁
仰首等待的人。
他们等高处的红花落下
他们的眼睛含着苦
不像肉质肥美的花,身如赤焰
苦而不自知。

而我们主动明确苦,接受了苦
不断地写下
大观园中永不停歇的波动与隐喻。
园中皆是奇景,件件吃不消
如何处理才刚好?
思来想去,不禁甩过水袖
扮相唱上两句
——才算暂时罢了

对 称
——赠车前子,以谢赠画之谊

去美术馆看展览,进去前
内心已有限定。展墙这次理当是
松绿色,与空间、展品、流动的人
形成平衡。我们一直被教育
规则就是美。
可有控制的破坏,也属于规则。
得承认行动的本质
——通往对称的必然途径。

去到山里,随意走走都可印证。
密林中心常有寸草不生之地,

桐花绽放出新的，树梢会落下另一朵。
走到山坳处的湖边，
往往看见水面游着两只野鸭。
这片湖水深不可测，
再往前行，遇见枯水塘
是预料中的事。往苇草最盛处丢块石头，
溅出泥水弄脏鞋袜，红袜上绣着的雪人多了黑鼻头。
在此之前，某一天你对镜描妆
将那黑，重笔画入瞳中。

每一桩事都有回应，
每一个人都有来历。

今日我们咽下去红糖馒头，
昨日或以后的某天我们会在田里
弯腰劳作。而那一刻的焦灼，将用半生
酿造蜂蜜来补偿。
甜蜜的幻觉在自然中，
缓缓生长的茎上
对生绿叶，叶片出现的凌乱脉络
细弱宣告着
不对称即对称的道理。我们为此时醒悟
感到美，
感到爱。

当然，同样的推算后
爱，对称爱，也对称不爱。
这不属于修辞，仅是测量的尺度
与能力问题。

（选自《青年文学》2022 年第 9 期）

荆棘被看见
/ 李建春

我放任金色的爱

我放任金色的爱在树林中
轻轻呼唤,埋首,未作回应。
死亡的丰收,舍弃的辉煌,
噙着泪水别过脸去,
却看秋天灰尘的深情,
虚白的一段路,淡漠,延展。

甜美的果肉被痛苦噬尽后,
长住的、有毒的核落入土里,
这是我向往的第二段人生。
长睡,但我能够苏醒!密语
你:为何我如此不同,
为何我开花一样纠缠,不死心。

金色的印记在树林中轰响,
久久未落下。死亡听任我这
荒凉人放逐了不知多少次
未完成的情绪。而我也是
那吞噬了自己的虚度者,

永远牵扯着关系拒绝被照亮。

入夜的鸟鸣

入夜的最后一声鸟鸣,
依旧那么充沛、野性。
似乎并不存在与暮光
相应的声音过渡地带,
惊喜地挫败了
我在入冬之际的方案。
清醒的血和梦呓的血——
唯其孤单,才与隐隐
呼啸的箭呼应。小心
颤颤,急促的清亮
加重了黑暗。小心捧在手里,
如落叶之茎骨的鸟鸣。

林间空地

那扑面而来的生机在回避颂歌的
杂树林零乱行列中,它们作为
个体扎向隐秘的地泉,盘曲哭泣。
树冠却与白云应和。残雨和逆风
注入动荡、奇异的杯子,枝枝叶叶
都以倾斜的身姿疯癫,不必哀伤
看不见的轮回。在那林间空地,
有圣殿的信息藏在枯叶叶脉中,
脑回沟里的残垣竟与现实短路,
被电击的一刻才显现诸神背影。
我接通了遗忘忽然止步,已不想
再树立什么表达敬意。光雨的
哭泣沿着最粗的树干挺立的腰肢,

那和声滑入自己的深渊消失不见。

荆棘被看见

迎春花因你的到来而迎春，仰躺
在山坡上一个盾牌，它护卫什么？
它自己的冬季冰冻在阴影中，
因阳光过于强烈而消融，试图
到处开小花但始终在一个平面上。
爱，要正面看。那化妆的女孩
向你走来，她有一个脆弱的无
需要你守护，你感知但未言及。
变换着面具回应那仿佛的蓝图，
你找到正当位置，到田野中去，
调查自己亦不妨结伴：这心境，
这斑驳，枯荣不一。荆棘也被看见
冲出地狱。她是花瓣，有着明亮的
肉，在你回看、亮瞎的瞬间。

夜行湖畔图

我每晚散步经过的汤逊湖的一角
那阴暗、无情的波动，在这时节
又散发一股寒意。夜宿的鸟莫名的嘎声，
在欲雪的细雨淅沥中，悚然结冰。
对岸桥有多少盏灯，把时光
荒废的节点虚铺在湖面，越是靠近我，
越淡。就这样失去了感伤的情绪。
我已走上这条起点与终点合一的路，
路两旁落尽的银杏的风华，
为雪景图准备好了虬曲的枝条。
依咫尺千里之趣，我比近处的苔点

大一点；但在顾恺之的《洛神赋图》，
一幅画水和爱情的画中，
我走到哪里，哪里的树就比我高，
当我走过之后，那些树
又小了，回到梳子一样的小山上。

高压线上的呢喃

这凝定的正面，依然生机勃勃，
但对历史的进展无能为力，不是他
不够热情，而是不可能有意义地
参与，因此只能发展一个虚位，
让自己的火焰成为征兆，即使身处
于大无聊中只要不闹出动静和笑话
也无妨。他终于活成一个偶像？
不，只要他自己不愿意就没有人能
强加他什么。他质疑同行的角色，
他不安静，也拒绝戴面具，但的确
是已活过的人，他的自我行动周围
总是带上虚空的韵味，连他最近
喜欢上的园艺也仿佛山水被花瓣
托起，回应高压线上，燕子的呢喃。

锤出的火星

可爱的面孔，干花，半生的错误
和香味，麒麟状的铁砧上
锤出的火星，出人头地和享受
让我落泪。经过青春的专注
和排他的那些年，一见面就心领神会。
不再特殊了！就是那些选项。

诸　路

路，在秋天萎落。因此没有路。
沾水的、小小的叶脉
像一个精灵的骨头。
这是尽头的意思。这是回到
起点的意思。这是又重来的意思。
而天下，从一个家庭开始。

幸福，而忘志。一件事是万事。
掉下头颅的果实，时间的收获
多么丰富。在小区门口，
在有幸成为业主的主妇的塑料袋里。
而更多人在秋风中，他们因为
缺乏证书，为一种抽象而激动。

路，忽然发出电光。
它是雷路、水路、火路、
真理路、天路、人路……是直路
也是圆圈，从一段回忆中
射向丁字路口。我对你的爱
无穷无尽，向天边诉说，抱着枕头。

安全通道

我必须重新生活在居民中间，
因为风景已快成永恒。
除了点头招呼之外我用符号
笼络他们，让有意义的时间
在一望即知的哀悼中出现。
老柯贡献了一粒他的同事关系的砂，

在湖光山色的漠然中。
顺利退休。一语枯寂。
他拎着公文包往工地跑的那些年
躺在安全通道，那天，
他放弃了电梯，
似乎要考验一下自己的体力，
顶着恐怖的时间的挤压
一级一级地往上爬，
看见老妻亲切的脸的时候
他知道自己活过来了。
我等什么呢。
我分享了他们的气息
但是拒绝那安然，
像掉落在高速路口的一棵树，
我知道，那不是意外，
而是葱绿的生长应当在的地方。

（选自"诗画论语"微信公众号，2022年10月30日）

懒人笔记
/ 黄梵

绳　子

它曾经是蛇，在我心里爬动
我不习惯，它蛰伏在奶奶床下
它还会晒太阳，用脊梁、衣服、被子
在院子里架一座拉索桥

有时，它是缠住小偷的蟒蛇
众人对小偷的殴打，令我怀疑它的立场
搬家时，它是忠实的牧羊犬
把慌里慌张的物品，赶回车厢

它帮我系牢鞋子，坚持了五十年
飞尘中它屏住的咳嗽，比我写的字还多
有时，它也像绿萝的藤叶垂下
充满泪水的忧伤——
它不想闲着，跟空虚约会

现在，它成了策展人
躲在画背后，满墙举着画
我知道，它是画背后的一根弦

只有心静，才听得见它为画配的乐

鼾　声

我醒着，枕着你的梦
你的鼾声，已深陷梦里的琐事
我想弄清，为何蚊子从不找你复仇？
为何总靠你的鼾声导航，把剑刺向我？

有时你的鼾声，也会适应窗外猫叫的节奏
适应飞机掠过的轰鸣声
你那颗做游客的心，还在梦里喂猫？
还在梦里飞着万里航程？

月光正在窗帘上啄食，翻找你梦里剩的零食
窗外的路灯被鼾声灌醉，光线早已迷离
墙上的挂钟，为校准你梦里的时间
努力用嘀嗒声，为黑夜送行

我仿佛悟到，你是怕我孤单
才让鼾声，做我黑暗中的导游
我忍不住伸手摸你的头发，鼾声替我掩饰了什么

牛首山河水

牛首山河水，寂静无声
它倾听月见草对我说着什么
粉红的花，像少女羞红的脸

堤下有一辆下班的摩托，轰鸣而过
我察觉，风在树的脸上皱了皱眉
闻声而动的，还有夜色

它让木星从河道的尽头，向我走来

几只飞起的野鸭
排不成它们想要的大雁队形
我倒想是一只野鸭，飞上去
凑成队形

不管我沿河走了多久
河床始终张着嘴，满口含水——
假如我讲笑话，它会不会憋不住
把水喷我一身？

墙

墙像一个有爱情的人，会对家忠诚
它挺直腰杆，让人在它的胸前筑巢
它用满墙的白，让人愧疚污浊
用满墙的冷，让人冷却抱怨

墙也有脚，但放弃了走向异乡的路
它把脚当根，深深地扎进泥土
墙对家的爱越坚定，你走在世上的路就越不荒芜
面对火辣的炊烟，墙有无限的耐心

墙也有晚年，当它皮肤溃烂
你哼唱的旧曲，会抚平它的忧伤
墙宁愿解体，也不愿像人那样平躺在病榻上
就算倒塌，它仍用站立的脚
向屹立的初衷致敬

椅子

我离开了椅子，就魂不守舍

一天的某个时候,我总会回到它的怀中
这时,它就醒来,用吱吱嘎嘎的嗓音
问我去了哪里?
我用翻书的哗哗声,答复它——
我去了商场,但椅子仍是我身体的指南针

当我坐进它张开的嘴,我能成为它的舌头么?
当我坐进它睁开的眼,我能成为它的眼珠么?
吃饭时,我把衣服套在椅背上
它就吱吱嘎嘎劝我,"你应该再胖些,
诗人的胃,应该成为酒的后宫。"

当我起身上床,椅子就成为夜里的诗人
它是耳朵,聆听我夜里的鼾声
把照在它身上的月光,读作我鼾声的歌词

清晨,当我再次走向它
它是一张等候已久的包装纸
等着把我包好,作为送给工作的礼物
它吱吱嘎嘎,又模仿奶奶的教诲声

河 蚌

用手掰开河蚌
这就是人主动上门的拜访?
读书人,已不上门找书

对着河蚌被掰开的嘴
人要的,不是可以对话的舌头
人要的,是一场河蚌的苦难

人配得上河蚌的赴死?

配得上河蚌托付的未来？
人走得出河蚌闭眼的黑暗？

河蚌的余生，本该在流水潺潺的河畔
本会聆听，老人打盹儿的鼾声
春天的寂静，本来是另一场灾难

吞下河蚌的人，貌似慈悲
起身去禅寺祈福
学会遗忘的智慧

偏头痛

头痛时，是谁在我体内发脾气？
已经二十年，我还未弄懂它的用语——
身子要躺下，眼睛要闭上
嘴还要像工地，发出嘈杂声

身子蜷缩的样子，像要回到子宫
莫非我年过半百，仍需要定期回炉？
或像疲惫的帆，需要把自己再次折叠？

头上的痛像鼓点，不停敲打
风来到窗口，要合奏一支流行曲？
痛让舌头抱住呻吟
不让呻吟展开翅膀

痛是大海，让我看到了日子的风景
痛在怪我，还不懂去菜场买菜的幸福？
当痛临近，连过去的落寞也是满足
我的痛并不孤单，一本历史书
就是一座收藏疼痛的博物馆

海　浪

我常想收藏海浪，它代表思绪冲撞的日子
它不扎根，土地也收留不了它
有时，它的调门会越扬越高
就像没有屋顶的颂歌

当我来到海边，它像一列火车
轰隆隆驶向我。它用沸腾的招呼声
盖住了我内心的喧响。它劝我远眺
它在海面种植的万顷棉朵
我已看出，那是一颗颗正要起飞的童心

当夜幕降临，海浪让海水变了模样——
它把海水的一头黑发
按在礁石上，疯狂拍打出银色鬓角

在春花盛开的地方

河堤一侧，开满杜鹃花
它们把铜钱草，衬得像侏儒
肯定有过那样的时刻——
大批铜钱草逃往河堤的另一侧

某天下午，我先被粉红的杜鹃花迷惑
琢磨它如何变成了春天
它若真有魔变的处方
我愿用衰老的心收藏

蓦地，我望见一株铜钱草举着花的拳头
与大片杜鹃花的笑脸格格不入

它在抗议杜鹃花抢走了领地？
它不知它的拳头还塞不满杜鹃花的嘴？

我沿河堤走了一里，只见到五只铜钱草的拳头
在满侧的杜鹃花丛举着，举着，举着。
而另一侧的铜钱草丛，一株更小的救荒草
摇摇晃晃，举着一只更弱不禁风的小拳头

梅 雨

这是独属于东北亚的雨
发霉是这个雨季的主要矿藏
它让我最信任的诺言，也长满霉斑
我捧起的历史书，已潮得滴下泪水

空气用它蘸水的毛巾，擦拭我的脸
它想擦掉我的面具，看到里面的心
连灰尘，也学会含泪地舞蹈
来配合梅雨一年一度的呢喃

那些灯下的人影，也在出汗啊
连我的叹息，也闪着汗粒
和我一起忍受，梅雨的桑拿浴
洗得湿淋淋的日子，会比过去干净吗？

如果风能吹干诺言、人影、叹息、历史
它们会留下一层盐粒么？
尝一尝，会有血的咸味么？

（选自《钟山》2022年第5期）

芒果诗

/ 刘汉通

雨　水

我听到瓦罐爆裂，屋檐下
由于雨水的冲刷，黄泥浆旋转着
感觉有一个神祇要在此刻诞生。
我的惶恐是，雷电会击打不祥之人
像劈开木头似的，瞬间将整个人烧焦。
思想守旧的人不会遭此劫难。
思想守旧的人会得到神祇的护佑。
后来，我读到了克洛代尔
他是一个疾风骤雨般的天才。
"我爱在本质已定的物质上讲无限。"
雨水是不是本质已定的物质？
在我的生活中，雨水是无限
是我的另一种语言。
雨水是我对大自然一种绝望的爱。
我的父亲总是在雨水倾泻时打制家具。
刨花翻卷，松木板上现出美丽而神秘的图案。
但我对墨线一样笔直的贫穷抱有憎恨。
在雨水中，我大声读书，这样可以得到一颗糖的奖赏。
我不会去怜悯一只从屋檐跌落的蜘蛛。

我感觉自己只是一个虚空、一个抽象。
我用尚未完成的非我之我，去面对那些无人经历过的经历。
雨水暂时充当了我未来的一个叙事者。
因此，我一生都在追求洁净的精神。
雨水的精神。克洛代尔的精神。
后来，在山中，我发现雨水是一种祈祷：
团结在一起的毛毛虫，它们
在那些亮晶晶的树叶上，不断地钻过时间的漏洞
不断地远离拯救它们的方向。
雨水，让藏在低处的
细小的生命感受到了残酷与冰凉。
我也在漫长的成长中感受到了雨水的杀伤。
后来，我明白，人只是雨水中的阴暗部分。
后来，我与死亡面对面的时候，
我卸下了雨水这张面具。

芒果诗

这么多年了，我对芒果的认知
仅限于吃和抚摸它光滑的表皮。
是否，放置的时间久了
芒果就是一个椭圆形的腐朽美学？
至少我探知到了它干瘪的内核？
至少它让我理解了物质与意志的关系？
在这第三个秋天[1]，我重新阅读阿赫玛托娃
这个老女人的诗充满了冷峻与阴郁的气息。
我想知道，她喜欢芒果吗？
没有一行文字记录过，魔鬼的国度
应该只有供人观看的鲜花。
"她是荡妇，也是修女。"

---

[1] "第三个秋天"为阿赫玛托娃一首诗的题目，也指我患病的第三个秋天。

我谈不上喜欢，但也并不讨厌。
我一直觉得自己是走了狗屎运，
作为一个被命运判了死刑的人
还能为芒果写诗，为自己的羞耻辩解？
这很容易让我想起，
那个梦里和我谈论古希腊悲剧起源的人。
埃斯库罗斯还是索福克勒斯？
雅典民主仿若转基因玉米。
吃还是不吃？
关键在于亚里士多德的评判。
而芒果作为悲剧的第二属性，
被制作成果脯与果干
使得现实往往疲软于现实的欺骗。
因此，有些时候，我以为芒果
就是我的帝国，是我黑暗的心。
这也许，能解释我为何
常常坠入痛苦的深渊而默不作声。
我需要一个芒果形的月亮
它是阿赫玛托娃，是酸甜的女权主义。
在这第三个秋天，我血液中的毒素慢慢减少。
我开始仰望星空，如同一只失眠的狮子。
无论我怎样挣扎，脚下总有一张相同的落叶。
我不再服膺于芒果的辩证主义哲学。
或者说，我也不喜欢芒果，只想吃。
讲错一句话有天塌下来的灾祸，
而吃永远不会错。
如果芒果是帝国的统治者，
我将一直保持沉默。
我为我的心而沉默，
我为超市里的芒果汁而沉默。

我为酷烈秋风中，林小暖[1]里的芒果冰沙而沉默。
我为芒果写完这首悼念诗。

诗

其实，当我开始写诗时
我感到快乐。我并没有你们想象中
那么脆弱。诗，不仅像清泉一样
洗濯我的灵魂，还可以治愈一切。
我是万千不幸中较为幸运的一个。
我自小贫穷，但，现在，我过得还好。
在词语之间呼吸与行走，至少
我是自由的，我是命运选定但并不
委以重任的人。我比空气还轻。
事实上，我并不试图描述
一个真实的我，我是不存在的，仅是
一个农民的儿子，一个失败的父亲
但却希望做一个啃噬影子的精灵。
诗，是一个影子；文化是一个影子
——无数的影子，
无数的我。在南方的天空下
在海边，在草地上，在某个超市
你会看见我，双手拿着果蔬与盐粒；
偶尔，也拿着书籍、病历与魔法的
斗篷。但，这却不是真实的我。
我在诗的历史无意识之中，
我也在巴赫与李斯特的钢琴曲之间；
我早晨醒来，吃下面包和水
晚上，会到楼下花园的长椅坐着
冥想以及长时间地陷入某种混乱。

---

[1]"林小暖"为本地一个连锁冷饮店。

我没有意图去获得生活的馈赠
属于我的，或者不属于我的
我都会原谅，微笑着去迎接它。
我寄生在这个虚无的世界上，
诗，是禁锢我的牢笼，也是
我被自我殖民的智慧与力量的翅膀。

在海边

海风吹拂着……海风的无限
腥咸与热烈；
远处的楼群、沙滩上的太阳伞
五颜六色与杂乱无章。
其中，蓝是所有生命在上帝的天秤里的重量。
我带着孩子们来到海边
我带着刚从远方归来的疲倦在椰林里坐下。
我感受着大海熟悉又陌生的气息。
我看着浪花翻卷，
我看着那些起伏的浮球、飞翔的海鸟。
那些开着水上摩托的人仿佛挣脱了海平线。
那些暴露于辽阔的现实中并想通过
语言之美捍卫的幻觉让我感到喜悦；
或者，我是某种精神分离出的碎片
漂浮着，又类似于深海里闪光的珊瑚。
此时此刻，就是无法解释的生活。
捡贝壳的皮肤黝黑的妇女始终带着微笑。
推销冰镇汽水的小伙子牙齿洁白。
每隔一小时，救护站的广播便播放一次音乐。
我听着，但觉得那是多余的提醒。
怎么可能让一个跳到海里捕风捉影的人
相信他是不存在的呢？"看，那是玻璃瓶里
溜走的妖怪！"我的孩子们叫喊着，

在沙滩上来回奔跑，精力充沛。执拗。
相比之下，我太沉闷，脑海中反复地浮现
另一个画面：
舰队离开了港湾。
背德者们组成了庞大的军队
他们穿着海贼王的外衣
他们拿着干椰子模拟手雷
正在偷袭地中海平原之鹰的岛屿。
我想象着某种伟大世界里的荒唐。
我想象着身体两侧长出斑斓的翅膀。
轻盈吗？沉重吗？
在海边，我没什么可以悲伤的。
哦，上帝，我和孩子们在一起
远离孤独与不幸。
在暮色笼罩的黑暗中
我走向防护栏，眺望着海的汹涌
一个强力的未来拥抱了我，湿润而柔软。

（选自《广西文学》2022年第9期）

大海没有自己的一生

/ 黄惊涛

万物都不认得我

  我从黎明醒来
  万物都不认得我
  我走过的草原，花朵不认得我
  我垂钓的河流，水与鱼不认得我
  我在黑夜里观看银河，黑夜、星辰、宇宙、
  虚无不认得我
  我在梦里遇见你
  你不认得我
  黎明的地平线上，光涌上来
  它照耀我
  不认得我

  万物不认得我而且
  少有我以为认得我的
  不记得我
  我为一只羔羊带路，为一丛海棠唱赞美的歌
  为一张纸写上商业契约
  羊羔、道路不记得我
  海棠与歌声以及我的舌头不记得我

纸张与合同与那个跟我订合同的人
不记得我
我与你遇见
你不记得我

我的爱人不记得我
她在不认得我的那一天
忘记我
我不共戴天的仇人不记得我
他在神前发誓，在心里下诅咒
他死了
不记得我

死神来到我这里，对我说：
我记得你，我是万物中唯一记得你的那一个
到你的国度
我来与你相认

治　疗

砍柴的人，被树林治疗
赶海的人，被波浪治疗
放牧的人，被草原治疗
我要去一个地方，问一个站在路边的人
我是唯一不伤害对方又被救治的人

在雨中穿行的人，被雨水治疗
在爱情中的人，被失恋治疗
在神像前跪着的人，被失信的菩萨治疗
我来到时间的这里，被药伤害
被药治疗

为我们喂饭的人,敲我们的门

我们躺在床上像两条鱼
我们等待前天在海上聚集的台风降临
我们观察一只蚊子蛰伏在夏天
我们看到书架上的尘埃
我们看到太阳正从窗户上走进来
它看见了尘埃
尘埃才被我们看见
我们看到窗帘上的图案——
一鸟为雄,一鸟为雌
一如我们的性别
男人、女士

我们在火柴盒里躺着
像两根划过的火柴
我们在床上躺着
像在一座烽火台上
借宿

我们饥饿,胃里没有粮食
我们打开神为世人设计的菜谱
在那里下单

我们等待一个来喂我们饭的人
他敲我们的门
把简单的食物填进我们简单的胃
我们等待他
就像在等待
使徒

活着像一个诗人

活着像一个诗人
烧火的时候他谈论暴雨
生活的时候他谈论死亡
抑郁时他开怀大笑

旁观者

我喜欢穿过他们的村庄
就像穿过他们最根本的生活
我喜欢参与他们的早餐、晚餐
他们的婚礼、葬礼
我碰到一个阴阳先生
他正穿越一个死人的梦
而我是他在梦里遇到的一个
旁观者

瞬　间

孩子们在海边造一天的沙上建筑
情侣们在海边谈几个小时的恋爱
我在一瞬间想起了你
像一滴水坠入大海

噩　梦

这一日的午睡，我梦见独自背负
一口棺材上山
里面的死亡很轻，却像一瓶水荡漾、摇晃
我逢人便问，里面死去的

是谁
我在梦里占卜,为自己释梦
梦的裂纹走向给不了我答案
接着我在死里减去一位死人,在生里如女人怀孕,
增加一个生者
我还梦见他们高呼万岁,在春季迎回一个皇上
秋天来了还舍不得送走,因为他们说
众人需要跪拜的轨仪
我接着梦见与两个侠客打赌
口含铁钉,看谁能吐得更远
以打灭前方画像旁的灯盏
所有的梦都摇不醒我
直到我梦到一次别离
哭出了声

不是时刻,而是事物

我们把那个要结束我们的事物
称为死亡
那是某个事物而不是某个时刻
就像我与你一起走在街道上,那个突然来临的告别
这不是时刻
而是事物
悲伤涌上来不是时刻
而是事物
时间只有在我的身体里流淌
弥散于肝胆之间、脾胃之间、心脏与血液之间
才是时间
在我身体之外的都是
事物
你是如此
死也是如此

生　辰

　　你在巳时出生
　　正是吃过早饭的时候
　　那天杀了一只鹅

那是什么?

　　他们在岩石上凿井，在天空收割云朵
　　他们在碗里种植，在梦境里吃甜食

　　他们在朝霞中取光，在晚霞中取走
　　那不停拥来的黑暗
　　我的朋友啊，我们劳碌一生
　　究竟要得到什么?
　　我的朋友啊，我们走过的路上
　　那召唤我们的世界里
　　究竟有什么?

不要妄想与大海共存亡

　　大海不需要门票
　　它里面没有古迹
　　没有楼阁、坟墓、城墙、木乃伊
　　大海也没有历史
　　没有王朝、兵器、玉器、青铜器
　　或者一个人的巅峰，一个人的谪贬，一个人的文字
　　大海不记录一个人的出生、一个人的死亡
　　大海里没有个体

　　退潮时你走进大海八十米

你免费捡起贝壳、海蜇、螃蟹、海螺
那些纪念品
你在沙滩上写下名字、誓言
画出跳格子、爱心、一棵树、一只鸟
第二天被大海抹去
大海清除你的到此一游
一个游人不要妄想与大海共存亡
你是肮脏，大海活得
比你更干净

海鲜的世面

这只石斑鱼是见过世面的
这一盘青口和这些盐焗濑尿虾也是
因为它们见过大海
它们在海中认识海水因而知道繁多
抹香鲸经过它们的生活因而它们
识得大体

它们仰望过
但是它们不知道生活的深浅
只有在下锅的一瞬间
感到疼痛
接着就失去一生的记忆
我不认为它们阅历丰富
因为它们对疼痛知道得太浅

大海没有自己的一生

大海从不虚无也从不充满
大海从不恨也从不爱
大海没有形状也没有声音

那些形状是堤岸的形状
声音是水的声音
海水不是大海就像人不是人类
树不是森林
黄昏不是时间
大海没有自己的一生
因为它没有开始也没有结束

大海涨潮的时候希望
退潮的时候遗忘

秋天让我沮丧

秋天让我沮丧因为
果实将被摘取
秋天让我沮丧因为
它会像太阳一样落下
黑色的冬天将会来临
我在秋天里找不到意义
意义不在于收获中
只在植物的生长中
就如我们的生命不在
成就里，成就代表着死亡
我们的生命在啼哭中、望向你的眼睛里、
走在道路上向一切问好的礼节中、
触摸你的身体的一瞬间
秋天让我得到因此
让我沮丧

（选自《山花》2022年第7期）

春日鸿蒙

/ 马嘶

不与他人同巾器
——致米芾

去戎州,不为山谷。去眉州,不为子瞻
我三径书院的牌匾,集了你的字,也不为字

宋四家,独喜你好洁成癖,没日没夜洗官服
洗得花纹全无,洗掉了官职

谒子美

草堂荫翳,阳光落在肩上
一粒一粒的,像玻璃碎碴。"唯公之心
古亦少"。我躲在这里
浑浑噩噩

忽听角落旧人抽泣
是不是他遍寻全世界,终于在今日找到了
自己的那面哭墙

春日鸿蒙

　　在喜雨之城我夜以继日
　　雕刻着一头石狮
　　那具体的威严,在时间中越来越像
　　水中的我。沉闷,稀薄
　　充满流动的恐惧
　　数个夜晚,我钻进了石狮的腹中
　　体内烛火如昼,江河万古
　　只有此时,我才镇定下来
　　看见数不清的镜子里、刀刃下
　　沙砾成堆如万千菩提
　　而未完成的狮子,仍是一块顽石

樱花与铁

　　光里枯坐,睡前之必修。暗中自省
　　谬世之匕见。深陷俗世,也抽身腾空
　　父子彼此要用一生去回应樱花与铁
　　尚幼的他着迷于银河并担心每颗星球的
　　长夜与极寒,一遍遍聆听行星在
　　宇宙转动的声音,只有我
　　深知这星辰般的孤独,漫长而悲怆
　　他枕在怀里,彻夜飞行
　　我穷尽所有要做的是,让光永在光中

沸水中

　　鸡蛋饱受炼狱。纯青炉火一再
　　教育着清晨
　　蛋壳撞击锅壁的声音,使疼痛得到缓解

我看见那个朝天空搭建木梯的人
在沸水中反身

光之门

我在大海上用万吨波涛
建立了一座钢铁日晷，收纳来自海底深渊
的头鲸之歌，邮寄给天堂里的
失眠者。那些时光的利维坦，捕获了
众多的我，和唯一的你
思念反复在生命的不确定
一个人对一个人在凿空中使用同一种
幼初的语言，犹如灿烂星河
那些看不见的暗物质，守护永恒的光之门

报　本

百年桢楠上，无数流落街边的之乎者也
重返枝头。闪电还在一次次炼制
时光的锦缎，像彩虹
在失败者的书写中化为泡影
镌刻在石头上的箴言
已经起身离开，消失在冬雾
我们在树下谈起煲粥、持经的人与股市里
惨痛的小波段
此刻一定有人在暗处注视
眼前这满目的朽腐之物。造物主创建了它
又摧毁了它
但依然有人期待一截枯枝
从天空垂落，在念珠里重生

何须有形

　　无根山顶，弯月高悬
　　我枯坐河面，和它们身处同一个容器
　　这转瞬即逝的永恒
　　此刻纳我
　　因我呈现

　　我还要捞起暮色中的云彩干什么
　　还要攀上水中的柳枝干什么

求诸野

　　崖下枯坐，山川未能重新赋我衣钵
　　心有不甘，数日，数月，又数年
　　须眉垂坠光隙，石头开出花朵
　　我伸出的枝条穿过了白云
　　承认一生徒劳并不是一件不体面的事
　　明月照我一半身躯，另一半被山泉冲走
　　借时光之名，等逝者重返古松郁葱
　　——仿佛是我离去了很久
　　唯枯朽人间，还奴役着
　　故我，如新鲜的我
　　草木在体内发出哀鸣之声
　　但这已经不是我哭过的世界

逍　遥

　　蜀地里冬雨磁力绵长，骨骼与
　　山川合为一体
　　鸟鸣挂着青铜权杖，扶桑树下

青铜大立人，双手献祭扭头跪坐的天外人
虔诚，又金贵

我看见两只蝴蝶停在枯枝上
有着一身古人的轻盈

（选自《诗探索》微信公众号，2022年9月17日）

有人从火焰中取出黄金

/ 敕勒川

盲卦师

他躲在黑暗中,他窥见了一个人
生和死的破绽,但他
不能说破,他要给命运
留下回旋的余地

一个被命运反复敲打的人,他懂得
命运的脾性,但对于具体的生活
他还不能插手太多,细节不慎
迟早会给人留下把柄

人们把命运交给一个看不见的人
人们相信,一个在黑暗中待得太久的人
会发出光来,但事实是
那只是黑暗点燃了黑暗

大势已定……人们看不到,当人群散去
他孤身孑影,黑洞洞的双眼里
有某种东西
深不见底

水　井

心灵、黑夜与水井
它们是同一类东西

拿一块石头，朝井里扔下去
经过一段时间
也许是几秒，也许是一生
就会听到沉闷的一声
像是一个人
竭力忍耐着什么

幽深的井水，因为疼痛
而闪闪发光

心灵和黑夜也是如此

出　世

他沉默，他无法说清
他要去的地方，姑且把它叫作
故乡，或者永恒吧

他闭上眼，他看见
一盏灯，提着夜色
走了

他也要动身了，他要在
那一处说不清的地方隐居，他
再也不回来了——

我只留下疼痛，替我
守着人间

引　见

我被黑夜引见，拜访了
一粒灯火，它闪闪烁烁、支支吾吾
说不清自己的光亮从哪里来，要到
什么地方去，它沮丧地站在黑夜里
孤单的身影，被黑夜一再安慰，它说——
真的抱歉，我实在背不动整个黑夜
所谓的光芒，那只是我被黑夜压疼了
喊出了声

我被大地引见，拜访了
一只蚂蚁，我拜访它的时候，它正
向另一只蚂蚁飞奔而去，两只蚂蚁
一前一后飞奔着，它们气喘吁吁的样子
让大地一躲再躲，有一刻，我感觉大地
明显地，向它们那一面偏了一下，而我
耗尽此生，始终没有把自己稳住

我有幸被你引见，拜访了
自己，我目睹了自己，怎样从疼
爱到了痛，从一条道爱到了
一条道走到黑……而我最辉煌的，就是
失去你的那一刻，亲爱的人啊，你从没见过
那么浩大的悲伤，足可以让我
骄傲一生——
我曾舍生忘死地爱着一个人
如今，又舍生忘死地爱了她一遍

修理钟表的老人

他与时间相依为命,他小心翼翼地
将时间安顿于方寸之间,他给了时间
一个具体的忠告:时间也会落满灰尘,走得
久了,也会伤痕累累

不得不说,他与时间有了深厚的感情,时间
也让他一颗平静如水的心,历尽沧桑
混迹于一大堆钟表中间,唯有他
是一座血肉做的钟表,唯有他
不可修复

凌乱的人生需要精确的道路
绕过生死,在时间的背后,他终于坦白——
时间的奥秘,就是一点点松开
紧绷的内心……只是,对于时间的忧伤
他一直无能为力

火 焰

1
火焰起源于两双凝视的目光,那目光
是木质的,所以火焰可以开出花来
但火焰开出的花朵,不被其他花朵
理解:它怎么能那样开放
像火一样开放的,肯定不是花朵
火焰的孤傲,是闪着光芒的

2
你可以劈开木头,但你劈不开火焰

一旦你掏出一朵火焰，你就无法收回
你无法让一块木头，在火焰面前
保持沉默，谁疼了，都会喊，一块木头
一边疼，一边喊着一棵树的名字
火焰最终默认了万物，但火焰
有火焰的难处

3
火焰陡峭，火焰危险地
悬于人世，火焰怀揣真理
一颗滚烫的心，将何以为继
一朵火焰，摇摇晃晃
扶不稳自己……火焰
无法对光明
——进行解释

4
一盏油灯静静地燃烧着，娇小的火焰
猛地挣扎了几下，然后
突然熄灭……而我
竟无力安慰这小小的风暴——
世界啊，那个在灯下缝衣的母亲
不在了，唯有白发
还在世上继续

5
炉火正旺，温一壶酒吧
酒醒了，这个世界就暖和了
你双手捧着一壶酒，像捧着
这个世界的火种……不用着急
这人间会慢慢地醒过来，而我们
也可以慢慢地、一点一滴地

向自己告别……最难的，不是最后一刻
而是开始

6
黑夜是一口古老的井，寒冷
也是，当你从井口向下探望时
火焰在井底闪烁——
一口水井，从没有熄灭

7
火焰分为家火和野火
家火我们见多了，但野火
一直是个谜，像天启，可遇
不可求……那个回收闪电的人
在人间潜伏已久，他嗓子里的雷霆
正在发芽

8
一朵火焰，是另一朵火焰
修成的正果，这向死而生的秘密
只在疼痛者们中间流传
纸包不住火，但疼痛可以
疼痛掩护了这世上所有的火焰

9
有人从火焰中取出灰烬
有人从火焰中取出黄金
而我，从火焰中取出
冒着热气的土豆，这黑不溜秋的东西
又沙又甜，像一个初吻，又像
一小块被人遗忘了的古老的大地

（选自《草堂》2022年第6期）

洁白的春天

/ 纳穆卓玛

拉萨月光

从云层间漏下来的清辉
比林间松落垂下的寂静还虚无

被黑夜溶解的神明
像是指尖从琴上弹出的余音
把你带入时间的另一个尽头

山河肃穆,万物各自涌动
一盏明灯暗示你的存在
我们体认的事物或
误读的词语
如同河流向低处开阔

我们不曾忘记什么
如同你眼里蓄满的泪水
风一吹,便是汹涌的尘世波涛

洁白的春天

像是一次期待中的朝圣之旅
一身素白的你,终于让我们在春分前
看到了雪域的底色
这寂静的白,终于摁下时间慌忙的速度
生命的空白浮出水面

这洁白的春天啊,在拉萨的蓝天下
让我看见了大地的慈悲
那一刻,你认领了一条河流的决绝
一座空山无处安放的回音
一棵树木悲伤的独行
我也像一粒过滤的尘埃
时间和我之间再次相认
我看见每一粒雪花供养的万物
没有分别心。它们都与你合二为一

一个新的地平线
在我眼前拉开,天空透明如镜
鸽子从屋檐下飞出,一树桃花
伸向风中,疏影却落在红墙上
被落日加冕的宫殿,正从红山顶上
一点点拉升尘世的海拔
一只飞鹰隐遁处
我看见了宇宙小小的偏爱

致黑颈鹤

它们用黑白分明的身子打开光线
向万物献出美妙的和声

翅膀托起的远方
引领着你的目光飞出一片苍茫

起舞的影子被湖光擦亮
灵魂铺满露珠，你在近处沉醉其中
群山在远处略带羞涩地凝视

它们钟情于一生的爱
是落座在星空上的白塔
如果某一刻收回羽翼，向虚空纵身一跃
那是给诺言赋予落日般的祭奠

从今往后
雅江彼岸的雪峰是爱的肋骨
雪的温度是它的肌肤
……

一群腾空时
那一片湛蓝的海水，须臾间
向我们
竖起了一面黎明般的天空之镜

孔雀河

且不说你有神圣的源头，单是你的美名
足够让我在西行的路上，狂想一阵子
想象着你的美，有多么与众不同

其实走到那里，才发现
你的美，都在岸上：
赤德村的老人一说
"这里是诺桑王子的故土"

环绕的雪山都向我点了点头
贡布日的堪布讲起云卓拉姆的传奇时
风从神女飞出的洞口向我吹来
宛如右旋白螺发出吟诵

群山在护送你的前世，悠悠白云系在
今生的转弯处
告诉我，人间再拥挤
千古绝唱的爱，仍有清澈的源头
照见的，还是你
千年苍茫里，一尘不染的那颗心

秋风起

一叶摁不住凉意的时候
不再做寻山问路的人

空山留给鸟鸣
河流让给日渐消瘦的山脊

命途的局面一旦打破
迷雾持续被一束光超度

荒草已低头结籽
宿缘仍未尽

听，流逝的响声
像玛尼石前日夜流淌的小溪
足以安顿今生的匆忙

一个人站在秋风里
仿佛天边云朵一样被放生了

速记《根顿群培纪念馆》

有人在字里行间
探索你的思想。经历。
有人在酒桌上
谈论你的书本、遭遇。以及你的女人。

我时常在八廓街的纪念馆里
凝视你形销骨立的塑像：
平静的脸庞，深陷的眼窝
嘴唇微微闭合，感觉总有话要对人说

作为一个人
你是多么地普通啊

三行诗

独坐黄昏尽头
我只听见
秋风割草的声音

磕头的女人

把身下的石头磨出了光
而每块石头也把她磨成发光体

这里
是她开始的地方
也是终将要结束的时间

半生的悲喜在头顶上落成雪

比秋夜的月光静谧
比雪峰还隐忍

她眼里有湖水，有清风
有万物的样子
她这样的人，在菩萨面前
应该是随时会落泪的人

北京西路 8 号

除了偶尔疾驰而过的车
街道上，只剩下阳光白白地照耀着

除了低头扫落叶的环卫工人
还有谁，会从我眼前闪过

藏白杨从局部泛黄，落叶不断
我的一天从梦里醒来，秋衣越来越重

抬头看到药王山时，想起了
去年这个时候，一棵沉甸甸的海棠树
年轻的阿尼啦说，果子是酸涩的
无人去采摘它

如果没有阻隔，现在前往那里
我也许不会再遇见，那位恬静的阿尼啦
但是果树边的石阶上，一定落满了
一颗颗圆润的，甚至开始腐烂的果子

（选自"店小二诗铺"微信公众号，2022年10月12日）

寂静的栖身之地论
/ 师力斌

寂静的栖身之地论

  对散漫的绿萝来说，一个红塑料花盆
  已经足够。

  杜甫也是，上下两本全集
  便能打包颠簸的一生

  孤独不是问题。扣子，碗，梦中的大海
  静止的每一件事物心胸都够大。
  蚂蚁各据其地，长路坐视风雨

  天黑下来，它们也黑下来
  胡同上空掩映枝头的路灯不惧其黑

  安全感丛生，这正是故乡的含义
  对你来说，一张能容身当床的沙发
  已经足够

虎年初一

　　能让人悉数待在屋子里的
　　唯有习俗

　　路上无人，偶尔遇到从不打招呼
　　飞速的车辆呼啸

　　钢铁迈着虎步，在通州
　　麦地上空的飞机声震楼群

　　到处是山谷，到处有隐居之所
　　是否安静要看修炼

　　日发短信三百条，效率奇高
　　拜年的成效到底怎样？

　　没有回复的人过得如何？
　　春天不理我们，它正陪日光走在白杨树干上

晒被单

　　七楼窗户望下去
　　院子里的疏林中挂出了粉色
　　春天无约
　　比山桃花开早两个月

　　晨光直射西墙
　　晃得人欣慰又眼晕
　　多少人有帘后的幸福
　　或者因黑暗而抑郁

土地裸露，落叶尽无
窈窕的羽绒衣
长时间摩挲粉色的工业品
像打量一树新梅

万籁论

除了耳鸣几乎没有其他
蛐蛐，荷下的蛙，树上的古黄鹂
被打走的黄莺儿，依然飞行在
孤独的山路旁

我由当年的羡慕汽车
转而喜爱没有拥堵的步行
脚踏实地，一个不曾饱经沧桑的人
也需要与地球直接接触

机器人就是能写诗又要怎样呢
机器人就是能做爱又能怎样呢
机器人就是变成人
又能怎样呢

除了兰生葳蕤的声音没有其他
绿萝，雨中月季，飞雪时飘舞的腊梅
校园丁香最是唱歌的好手，即使冬天
也保持初恋般的沙沙嗓音

绚烂的秋日

比想象中的要炫亿万倍
白蜡树越老

秋天越美丽
跟你作对似的，叶子上变幻
所有颜色的蝴蝶翅膀
仿佛斑斓本身是
最牛的舞蹈家
闪烁的阳光中，宣武门树荫
可抵达无知的童年
那时候，你的黑发
比牡丹园春天的细草
还要茂盛
胸中平展的勇气，鼓励你
长大，长大
直吃到肚子发胀，像
这个城市吞进所有的汽车
然后向前疯跑
秋风打着旋在撒欢儿呢
冷是红的
苦是褐色的
连最暧昧的郁闷都一派金黄
一棵树带给你四季
并教会你真正的美学
那座大楼代替你
在蓝天下挺起多虑的胸膛

务虚学

城东摆放停车场，城西
遗留哲学史。显然，柏拉图重于雅典
《论语》较劲于京港澳高速

读过购物指南、美容指南、《资治通鉴》
之后，成功者在四十年内

主人般享受了超豪华人世，海边

　　留下一堆堆垃圾。座头鲸将它们的尾气
　　喷至大海上空，海浪是它读过的
　　最完美的著作

　　而我则苦于阅读无尽的楼房，神秘
　　的院落，曲折的历史
　　仿佛缤纷的彩虹是一本禁书

轻的庄重论

　　一片雪花的造型源于
　　亿万年修炼
　　树干从不跑动，从不紧张
　　雪依在枝头
　　像北极熊站在冰川
　　一切皆沉稳
　　包括石头、风，以及
　　照耀内心的日光
　　你把窗帘打开
　　郑重眺望天外来客重构的
　　白茫茫世界
　　要多丰富有多丰富

雪的骨头论

　　踩上去，雪碎了
　　她的骨头晶莹，轻脆
　　美到极致难道就是这样的宿命
　　看过之前的轻舞飞扬
　　误以为一个柔弱的生命

只会听凭命运的安排
然而她不
她会以冰的身子支撑滑行
会以盐粒的面目紧缩自己
会滚雪球，做大，漫山遍野
会与春风一道融进
春天永远的心里
爱我的人那样易碎
捧在手心里怕化了
她恒久的美
会凝成冰锥
从天而降
短暂锋利

（选自《长江文艺》2022 年第 7 期）

谷山[1]诗章

/ 汤凌

走在谷山山道

  拐个弯，山势直插山脚。小路蜿蜒
从树林后转出，隐没于灌丛。一梯一梯
向下，一丛一丛野花，含蓄地开放
像聊着私房话的女孩。三只山雀在林间
打架，呼啦一声飞进林子，消失了
我们走在山道上。我们坐在潮湿的石头上
疲倦渐渐唤醒意识，豆大雨点敲击树叶
那急促的心跳，令我不敢直视，就像
很久以来不敢面对自己，以及过往岁月
它们破碎不堪，充满失败、遗憾和悔恨
并非没有时间停下来，日子
被狭长的山道裹挟前行，裹挟我们
游走一个个临时居所。流浪，好俗的词
但准确得令人难以接受。寻求安居？而
人生如寄啊，像飞走的山雀，像
开得正艳的山花，林深处即是时间深处
被琐碎物像淹没的真相，终将归于此

---

[1] 谷山，位于长沙市中心城区，是一个绵延近20平方千米的山群，主峰谷王峰，海拔362米，是市内第一高峰。

然而，我们还有很长的路要走，狭窄台阶
弯弯山路，走在蓬勃的山林，被灌木惊醒
一只野山鸡突然跃出，在空中打了个旋
向更远的山下飞翔而去，而
来自明末清初的六尺围水杉
冷静地看着这一切，在雨中轻摇着枝丫

谷山小雨

雨，小得看不见，落在手心凉津津的
神秘事物包裹在朦胧的白雾里
窗外，白雾出岫，此时谷山隐藏着
季春红红绿绿的心境，细腻，纷繁
不容外物介入。两只白色苍鹭从山脚
缓缓飞升，渐渐消逝在庞大的白纱帐中
或许，那里面隐藏着另一个家乡
倒春寒的小雨中，我的目光跟随它们
终于走完了回家的路

谷山的春天悄悄降临

窗外，谷山笼罩着一层轻轻的嫩绿
昨天或者是以前某一天，它是白色的
是墨绿的，杂着一簇一簇的红色黄色
今天，透过薄薄雾霭，绵延起伏的谷山
春天一夜之间降临，你能闻到山林中
淡淡的叶香、幽幽的花香，空气是新的
山雀鸣叫是新的，草丛惊起的锦鸡是新的
蝴蝶兰紫色花瓣滴下的第一粒露珠也是新的
石隙的水汇合成两三股小溪，曲曲折折
从乱石交错的小道，"哗哗"流进池塘
下午，阳光照射，嫩叶的反射光

在谷山上空零乱，我站在窗前，
去年，我也站在同样位置
谷山，以一种新逻辑、新感知
在我对面，在我脚下，托着我的身体
我已不记得彼时它的模样，而谷山
每天都是全新的，都能让我置身一个新的语境
让我以某种新语言阐述对它的认知

初夏蛙鸣

凌晨两点，沁凉的初夏风吹进玻璃窗
小园池塘蛙鸣一片，池塘边的老香樟
站在稀薄的路灯光中，寂静的自我
时间的对抗者，黑黝黝地坚守城市中心
我合上《古诗十九首》，用小行书写下
"人生寄一世，奄忽若飙尘"。灯光
在湿润的宿墨浮泛理性之光。关掉
《魏晋南北朝诗集》上的台灯，坐在宽大的
缅花官帽椅，像桌上打开的《苕溪诗帖》
迎接一阵接一阵蛙鸣，混沌的自然之声
偶尔夹杂突兀的高声，杂糅感性与理性的
呐喊，包裹时间带来的压迫与急促，一下，
又一下，像一枚枚粗壮的长钉，嵌入柔和的
初夏浅灰之夜。不得不赞叹，它们
与生俱来的技艺，充满生命原始力
响彻盛大的园林。虽然
它们仅有几夜存在，但
它们已经学会接受命运的更多馈赠
学会魏晋长啸，学会自我
给这寂静之夜涂抹感性的绿色
蛙声亘古不易。远处降下巨大的灰色天幕
谷山安然入睡，我亦入睡，在夏夜宏大回响中

暴风雨来临前的谷山

　　翻腾的乌云下，谷山起伏，如一道
　　坚硬的城墙，忽然拥有奔腾的力量
　　风撕扯着草木，你能体会到昂扬的盛怒
　　自然之力，温婉的另一面
　　迎合与抗争，孕育、洗涤和期待之心
　　此时谷山像一匹奔跑的骏马
　　它一定拥有光明的信念，意气风发
　　一个时代的象征
　　亦反观自我困扰，疯狂的欲念承压于
　　横亘的山体，与风与云与草木
　　相互应和，从起伏的胸腔呼啸而出
　　那些声音逐渐激越，高亢，辽阔
　　穿透楼房窗玻璃，在我们耳中形成浑厚的
　　现代性回响。我站在窗前，身子随草木摇曳
　　等待一场想象力丰沛的暴雨

黄昏，霞光笼盖谷山

　　你是否也在注视？黄昏
　　云层缝隙洒下的霞光淹没谷山头顶
　　她的头发恍若
　　解放路迪吧蹦迪的女孩，在旋转彩灯下
　　反射迷离的光，你会坠入
　　语言无法挽救的幻象深渊，细腻
　　如交易图谋，模糊细节与真实意图的
　　界限，存于单纯目的之中。斑斓的霞光
　　恋人耳边的华丽言辞，虚拟而精确的美
　　给虚荣而饥渴的心灵加注性感的色彩
　　光晕一圈一圈向山顶伸展

山坳处潇湘墓园,那里
隐藏着消逝的个人史华彩,它们归于
时间土层,却不时探出菟丝草的耳朵
聆听世界散乱的加速行进的脚步声
满足于分辨纷繁庸常的声音
霞光笼盖谷山,时光之鱼
在黄昏云层里游动,我们知道
它转瞬即逝,怀孕的视觉盛宴,诞生
个人信仰般的审美:可以是狮,可以是鹏
可以是书写历史的文字,或无序的偶然
山雀在谷山树林上空翻飞,它们的表演
带有强烈的自传色彩,悲与喜
均出于对此在黄昏和霞光的礼敬

初夏上午,谷山慵懒

坐在窗前,坐在书房的影子里
白色的阳光在窗外飞翔。初夏,上午八点
谷山慵懒,侧卧,一切静悄悄
光在叶片上移动,闪烁,滑动
能感受她蓬勃的活力。她应该睡着了
宝宁寺安详地卧在山坳,土黄的院墙
暗红青绿的琉璃瓦,屋檐翘首的螭吻
凝望仙人坡的半支莲,以及
浓密树林隐藏的深而远的传说
她像一头来自晚唐的老水牛
反刍沉淀在时间褶皱里每一个细节:
120岁的保宁禅师步出寺门,来菜地浇水
盘坐一字涧石头夜观天象的吴建三,俯首
看花草荣而复枯,似宏观天象图的秘密
金星北路和西二环白练般环绕她,人们
飞速驶进城市白色的方块建筑群

我静坐谷山初夏光影
她的呼吸轻而细腻
仿佛从来没有什么时间能打搅她

雨　水

躲在老香樟后面，时雨时阴的雨水
不说话，眼神忧郁笼罩谷山草木
绣球花挨挨挤挤，对抗潮湿带来的
孤寂和失去的时间，满足于
初夏幻象的硬桎木的嫩芽，不知不觉
又回到了光秃秃的枝头
栗树更自我啊，多而小的毛毛虫般
长须小花，概率学制胜凌乱雨打
呼应坚硬山体深处的巨浪

谷山月

当天空升起巨大的帷幕，大月亮在
左峰与右峰的山坳中缓缓生长
谷山孕育而出的，金黄的温暖的历史
乍看是圆的，当你细察，她是不规则的
椭圆，是边沿微缺的多边形，内部
灰阴影书写吴刚伐桂和嫦娥玉兔的虚实
此时谷山是一幢起伏的暗影
一部恢宏的叙事史诗，唯有脑补
风过林梢传说细节的真实，可我
如此包容明显的缺憾，如同包容自我
在现代逻辑中反复撕扯，而终于
在白月光的想象力中履行古典契约
从仙人坡长出的现实主义金刚藤触须
试图触摸

生命所及的奇点。而谷山月
　　仅在审美之中，在众生仰望的幻象中
　　当自我向内无休止发掘
　　那么，在深邃的黑暗尽头，我们
　　能否得到谷山月明朗而温和的抚摸

六点，谷山在晨曦中苏醒

　　又是新的一天。六点，谷山从晨曦中苏醒
　　丝丝缕缕的云从夜色深处飘来
　　焕发橙色的光，然后，在凝视
　　比空无更具思辨的澄明，或者虚构之中
　　以雍容之慢还原成白色
　　悬浮于湛蓝而深远的天空，你会想爱
　　你会期待一两只滑翔的苍鹭
　　从湛蓝的深处飞来，缓缓盘旋，降落
　　栖息于弹性丰富的樟树树梢
　　你会期待长笛，或钢琴的乐音
　　从谷山溪水涌出当沉迷幻象
　　晨曦覆盖的谷山成为自我失去的那部分
　　借助爱的想象和物象审美，
　　在庸常生活消逝的慌乱中
　　生命中另一个自我渐渐苏醒
　　光线愈来愈强烈，失去薄雾护佑的谷山
　　在新的一天，再次被夏季光线重重勾勒
　　呈现出明晰而肯定的自我

谷山夏至

　　当时令赋以人间意义，时间
　　成为可描述和分解的精密仪器和工具
　　谷山成为庞大隐喻，榴花、马根草、山雀

以及窗前的我，所暗示的生命过程
石头，静止；山涧溪水，流动
夏至天空漂移半白半灰云朵，饱含
从黄兴路步行街时装广告牌蒸腾而上的
现代性雨水，湘江两岸朱张渡与杜甫江阁
相向而望，它们在时代变幻缝隙中吐哺
"夜醉长沙酒，晓行湘春水。"杜甫吟诵着
如同福元桥洞里弹吉他的男歌手，他们
活在语言和琴弦颤动的音符里。多少个世纪
过去了，刀背脊的路上偶尔响起登山者
"踢踏踢踏"脚步声，应和湘水轻拍沙石
"唰啦唰啦"的行吟。云朵如盘古大陆
向北缓缓移动，如此庞大如此艰难
谷山上空呈现大海般湛蓝，巨大的空缺
如同一去不返的过往

谷山盛夏

盛夏烈日悬浮在谷山上空，灼烧
香樟、苦楝、木棉，树叶软塌塌，失去
凌厉的光。滚烫的时间到底带来了什么？
站在山顶瞭望，庞大的白色城市
安静地躺在盆地里，蓝色玻璃幕墙反射
时代的光，碧绿湘江从城中穿过
很难想象，多年前发黄的黑白照片中
古铜色皮肤的货郎挑着针头线脑
摇着拨浪鼓走在石板路的老街
下班时间点，众多自行车从工厂汹涌而出
湘江西岸，一根来自六十年前的红砖烟囱
孤立于豪华现代写字楼群
与谷山遥望，在盛夏炙热镜像中
苏醒。燃烧的正午

山下城市画卷一般缓缓展开
接受人们无私的爱与歌诵

谷山暴雨

盛夏天空降下厚实狂乱的雨幕，谷山
在肆虐的时光之后，在视线盲区
雨点，如同盛唐深处射来的利箭
钉入此时代的土地，站在窗前
失序的日常世界从它自身之内呈现
惊慌而贫乏的想象力不能触及其深度
灰麻雀藏身叶如针刺的老杉树枝
肥大芭蕉叶下黑蜘蛛收敛它八只竹节脚
闪电与炸雷，它们的愤怒隐藏于
自我保护的恐惧中
而突然间，暴雨小下来，停下来
一阵风把云抬走，天空瓦蓝瓦蓝
经历清洗的谷山整齐地站在窗外，仿佛
来自远方，满怀信念，盼望新日子开始

站在谷山眺望

整整一个小时，我们在深邃的树林里行走
光一点点变亮，透过香樟、杉树的枝丫
麻雀和乌鸦时飞时停，清晨露水
在丝茅草锋利锯齿边沿，凝结圆圆的水珠
还没来得及滴下。偶尔传来蝉的叫声：唧——
短促，强劲，像在试探时间的正确性
站在谷山眺望，瓦蓝的弧形天幕下，城市
像细节清晰的沙盘模型，铮亮的小汽车
无声向前行驶，呈现这个时代前行的
速度。十年前，还有许多稀疏的旧街道

二十年前，湘江福元桥还没架起，浏阳河
以北能看到片片豆腐块的稻田；三十年前
观沙岭是杂草丰茂的小鱼塘和农家红砖瓦屋
更远以前的老照片里，黑白灰的城市
身着汗衫草鞋的人们，局促地拥挤在石板街
推着独轮鸡公车吆喝前行。如今，城市
在七月的晨曦中散发崭新的时代形制和色泽
方块格式，错落，蓝色玻璃上耸立的白色尖顶
明亮的亚灰墙壁，流线型屋顶，暗红的学校
不远处高大橙色铁手臂显示这个城市
还在以可感知的速度继续生长。如同身边的
香樟和苦楝，它们的味道只有伴生蚁虫
才了然母体规律性，辛辣或苦涩，从而生长
抗体和淘汰制度。晨曦以可见的速度前行
如同城市历史，我们站在谷山，霞光
在城市天际线升腾，进入新一天的想象和秩序

谷山石

它隐藏在土层里，一个球体的
布满坑洼和棱角的大石头，在路中央
冒出青色的尖尖的角
纤细流畅的小路藤蔓般向上缠绕
如同谷山的执念，结出突兀的
块状果实，坚硬，不屈于水土
像中年人的孤寂和疤面倔强
它绊倒我，血液从尖痛的脚趾涌出
粘连洁癖症的白袜子——
我不是第一个，也不会是最后一个
如果见识够多，你一定见过如此
将自我钉在尊严的位置上。更多人绕开它
——会有一台挖掘机，或一把大锤

来平复这孤立于路中央的愤怒
再之后,是否还有人记得,谷山路上
这个球状的、布满坑洼和棱角的石头
它曾拥有过不屈于水土的坚硬信念

(选自"送信的人走了"微信公众号,2022年10月18日)

祖母的悲鸣
/ 佘退

仙鹤骨笛

纤细的腿骨在小姑娘的演奏里蹚水
我听见脚蹼踩开淤泥的轻响

在这重抵的清晨,空心笛管吹拂着
粉嫩嘴唇不能独自完成的颤音

——那凝视过黑夜的颤音
撑开又折叠不可再焚的洁白羽翅

她隆重穿戴着新缝制的节日袍服

蓝 雾

蓝雾巨大的舌头舔着我
因为惊异,我获得了
一种出于迷茫本身而诞生的宁静

看着雾中景物附上了一层浅浅的
蓝膜。像一开始时受雇

尔后自愿成为这座梦寐花园的
园丁。我用受潮的毛巾

擦着毛发永远不能干透的
流浪小动物。麋鹿群中的一只

我走进这场雾中之雾

祭拜空冢

挽留的悲伤向虚无借来泪珠
那不是绝望所能给予的

默哀里,肃立者听见了暮光中
一颗早星轻柔的摩顶之声

唱着清丽的哀歌,那已是老人的
小青年回来了,戴着
终于用旧雪扎成的白色花环

捕捞船

铁壳船抵达因海神病瘫
而形成的豁口,机械绳索拉着渔网
拖过波光暗涌的深渊

鱼群倾倒在甲板上的那一刻
美极了——在无止境的摇晃之中
进行着幽灵的窒息仪式

"船上打工的三个月,身上
没一天干的",刚上码头

朱伯起誓，将铺盖卷起狠掷给大海

它又出航了，柴油燃烧的轰鸣
压着死亡的吃水线

盘山公路

中巴车载动着盘旋的鸟鸣
颠簸把他从深度的疲惫中摇醒

他拨通了梦中那位姑娘的电话
让她很意外，记忆中并不认识他

听他提及瀑布和几座山寨的
名字，她有点摸不着头脑

陪他聊了很久，被一种压抑住的
兴奋感染着。她听出了他手机
背景里传来群山的寂静哼唱

铁皮套娃

小男孩得到了眼镜男
收藏的铁皮套娃
逐一解封出滚圆体内
幽闭的角色：某位
蒙面的剑客，正在策划一场
刺杀；某位悲伤的
渔民，正在修补过去的渔网；
最深处套着一位小号
光屁股娃娃。小男孩模拟着
娃娃隐藏的哭声，替他

抽泣着。所有的男性角色
都躁动起来
包括旁边看着儿子游戏的
中年父亲。他像是
丧失了自我,被抓取进去
整个下午半跪在
小男孩自娱的肉身里

祖母的悲鸣

又一次在船舷上,我听见
低低的鸣叫,马达声中
我辨认出混在其中我奶奶的鸣叫
就跟随在船尾的鸥群中
母亲说起祖母羽毛般雪白的
皮肤,可惜只遗传给了我的父亲
和三姑。我出生那年
奶奶去世了,我只能在墙上的
遗像里看到她,那种感觉很像看
海鸥飞翔,总离我有一段距离
停在气流里。或许她隔着
妈妈的肚皮微笑着,触摸过我
等我成年了,我才听清楚了
她遗像里抑住的哭泣
忍着疼痛,在最后的那些
夜晚里,将棉被抓出一道道
伤痕,说这些时大伯也已
开始显老了。年轻时祖母就说她
不想活了,被我祖父打
大姑向我透露过,祖母将她当
小大人一般,对着早早懂事的她
诉说心事。祖母总吃得很少

腾空的鸥群般，注视着
海面下翻滚的鱼群。我听见了
它的悲鸣钻进海水
某个夜晚，坐在沙滩望海时
我真正离开了童年
那一夜我最后一次变成海鸥
在这座小岛城的上空盘旋

蜻　蜓

没想过蜻蜓可以成灾
黑压压的云阵，席卷了闷热的
港口。当轻盈以暴雨的方式
降临，晶莹的薄翅在黄昏的
低空中锋锐。小岛上所有人都暂停了
手中的活，像一群哑巴
留在门口观看。只有那些最无畏而
好奇的男孩跑出去，兴奋地在一种
冲击力中追逐，妄想把自己张成
一张捕虫网。他们还不知道
轻微的刮伤会遗留到成年之后
冲澡时裸露的疤痕会变红
也不知道，最后真正铭记的是
透过折射着透明之翼的黄昏光线
他们神气地扭头时
所看见的：门口处站立的父母
那哑默的深情——
有几位老人甚至流泪了

探照灯

幽暗中的事物，被迫发出亮光

照耀里的小动物匍匐着
带着轻微的恐惧和恍惚
树枝上的夜鸟站立不动，像在等待
某阵暴雨突然降临——那是夜
挖掘出的白色伤口。幽暗中
那高立着发出单一照明的灯塔
更加幽暗。我顺着铁梯
带着儿子，登上这座高擎的探照灯塔
试图带他看清这位监视黑暗的神
枯寂的真相：头顶高瓦度的
探照灯像是在吹着一股
电离子的热气。它似乎过度兴奋
我们用电筒透过蒙灰的玻璃
查看操控室，门反锁着
外部的铁栏杆平台上留有几个
啤酒瓶。我说这里曾经发射过
催泪弹。儿子不愿意久留
在这被荒芜掌管的中心
我们只是站了一会儿，有点恐高
总是担心惊扰到地上变慢的
群体：墙角接吻的情人
蹑脚小跑的虎皮猫——
那些被迫发出亮光的生命
都重新躲回到了我们的身体里
那更偏僻更幽暗的洞穴

（选自"一见之地"微信公众号，2022年10月11日）

贵门：重返之旅
/ 张小末

己亥年冬重返西景山

他在一首诗里呈现：
中年的身躯清瘦、单薄，如茶园里
每一片细长的叶子
时间带来了寒霜，岁末入冬
许多事物都低垂下自己的头颅
西景山上，未经修剪的茶树笔直挺立
叶脉依旧筋骨清晰
山脉重重。
如今，我们的抵达却如此轻松
在山野的高处俯瞰人世之低
一条路盘旋于此
一个书生的胸口也曾横着
另一道不能跨越的山脉
当你重返，时间消融了尖锐之物
城市的雾霾被隔绝于外
雨水和沙砾成为身体的另一部分
一个隐喻被打开：在春天
每一朵被蜜蜂亲吻的花朵内部
都有走失已久的甜——

在贵门乡遥想人生

  我的手机里,藏着西景山村
  茶园之上的三棵树:银杏、乌桕
  和突然出现在视线内的棕榈树
  落叶金黄,果实饱满,又或者兀自挺立

  我的手机里,也藏着一座桥
  一个书生的步履
  年少离去,在陌生的地域完成自我生长
  并在继续生长里自我修剪

  现在,我们在一个村庄的腹部饮茶聊天
  话题是重逢的喜悦。只是偶尔
  我会想起这个虚无的命题——

  当他重返村庄,乡音未改鬓发花白
  终其一生探寻的未知之路
  最终指向一所书院
  鹿鸣声和琅琅书声皆隐于林间

  这也符合文学的内核
  缤纷之后归于寂静
  一年一度,秋风吹拂之处
  剡溪的支流里:古老的村庄姿态独立

何家坞:石磨之路

  从一个圆到另一个圆
  石制的碾子和磨盘,石刻的表情
  无数次的重复和循环

跑不出这个圆圈吗?

冰冷而坚硬。安于现状
或许也有过一次奋力挣脱的想象:
在椴树与红豆杉的怀抱里
在黄泥绿瓦的外婆家旁

哪怕只是百米之外
当它被搬离原点,一个紧挨着另一个
用朴素的温度
铺成一条通往桃源的隐秘小路

低至地面。这远离霓虹
短暂的静好与安稳
这让走在这条路上的人
重温时间深处的训示:从粮食到精神
我们都要经历多重碾压和粉碎

入剡记:非虚构即景

给你一条小径
和小径尽头的山
给你一座山
和漫山浮动的月色
给你一片月色下的梅林
和倚门嗅青梅的身影

给你一条溪
和溪水曲折的流向
给你一口井
和井边金黄的落叶
给你层层落叶

和落叶之上的匆匆步履

给你一间竹舍
和竹舍里温热的酒
给你一盏酒
和酒杯里倒映的落日
给你一个落日下滚烫的黄昏
和眉眼之间的死生契阔

茶园青青，故人山河
漫长的告别之后，来自身体的渴意
在你的茶汤里获取了抚慰

在隔尘居仰望星空

当一切静止
流年远去，越音婉转于夜色
车马的速度亦回到从前

星辰散落。这偶然的桃源
令我们欣喜，苇草上微茫闪烁
沉默有更深刻的美

隔尘和归云，远离或者归去
在此地应藏起不甘的心
他递来的灯火里，已填满昨日的缝隙

如果能够指认，这遥远苍穹的眼睛
当我们仰望，恰似某条返回之路
而灵魂朴素如青梅之核——

访友桥：相遇或重逢

沿着新茗村走，青菜还未经霜
屋外晒着黄豆
祠堂旧物杂陈，同行的宓可红不时遇到熟人
亲切地说着当地土话

叠书岩上，梅树是古老的
朱熹和吕规叔的故事是古老的
但"吕"字井边的捣衣声是新鲜的
红衣妇人的面孔是新鲜的

终至访友桥。一座通往古老传说的
狭窄的青石板桥
我们模拟了一次相遇或重逢
双手相握，而等待的人并未真正抵达

秋风已老，流水不停
永恒的主题
契合某种归途的指向
在这个陌生的村落里，乡愁漫溢忽然而至——

在鹿门书院喝茶

鹿鸣呦呦。从"古鹿门"至"贵门"
只需跨过几步，时间在这里变得模糊
但这符合后来者对历史的想象
退后或前进，转身之间已完成蜕变

更楼高立，气韵犹存
这个初冬的早晨，我们围坐于此

谈论一个谋求发展的乡镇和古老的诗歌的关系
这也将是历史的某个隐喻

在最快速的时代重新寻找慢
美的标准并无变化。譬如此刻：
新沏的辉白里，茶汤清澈如同数百年前
公益讲堂的读书声如同数百年前

譬如我们闭上眼睛，阳光穿过瓦当
从一扇雕花窗棂里闻到山野的香味
当冬天的风吹过古树林
沙沙之声，将为一首诗写下最动人的注脚

（选自"嵊州市作协"微信公众号，2022年9月14日）

我是她们的他人
/ 张远伦

稻　草

画家逝世，朋友夤夜进山
去杨家寨讨要稻草，我搭上他的便车

后排的金黄草茎在夜色中反着微光
极致地扬起，似要将自身的轻盈用尽

成为孝子的草绳标志之前
它们是沉溺于俗世的救命稻草

此刻，在我们共同的呵护和虔敬中
它是替死亡开具的最柔软的证明

我把这些粗劣的草叶小心翼翼收拢
像在轻轻揉捏那些在月色下散开的笔毛

深陷夜幕，奔走在一幅天然的写意画里
我们都没有问清自己在赶赴什么

取　水

　　水井很隐蔽，像白玉藏在原石里
　　汩汩流动的声音
　　仿佛来自渊薮，神往的我
　　不得不沿着羊肠道下行
　　一直走到水平面上，看见阳光
　　逐渐缩小，成为涟漪上
　　一个浮动的焦点
　　我倾斜着水桶，弯腰驼背
　　像极了无声的祷告，被迫的仪式
　　不断上演。前一个人取完水
　　身后的人就接着
　　向这个低处的水源长揖下去
　　良久才直起身来
　　黄昏时分，许多提淡水的人
　　蹚过含着盐水的中清河
　　我在其中，我父亲在其中
　　我的祖父以魂灵的形式在其中
　　向此岸回归，看不清脸庞的
　　那些人，走着走着就消失了

弹手指的习惯

　　那个常常在沉默时弹动手指的老人
　　是在习惯性地扣扳机
　　可以肯定
　　他从未杀过一个人
　　就像小时候练字而习惯弹动手指的我
　　终于没有成为书法家
　　习惯更多的时候

是幻觉，是对一件没有完成的事情
连续不断的想象
镇子上还有一位摄影家
弹手指也成为习惯，他有帕金森症
然而，他的真正习惯是
蜷曲手指，握紧镜头
长时间纹丝不动。后来我知道
最好的习惯，是死寂一般的平静
就连绝症，也无法动摇

祝福辞

所有孤儿都是冰雹打落的孩子
所有牛犊都有他的外婆
所有故乡都在你的手腕上
——让你的疤痕覆盖一切痛苦

所有落叶都和泥土有血亲
所有山坡都迷恋过泉水
所有胡来都是太爱母亲的亡灵
——让你的谵妄收集完一切失落

所有姐姐都在你的脚印里爱你
所有女友都在你的词根里爱你
所有的我们都在雷电里爱你
——让你的光芒住进一切经卷

酒　香

在悬崖上审美，地心深处隐居
像我一样的微生物
蛰伏数十年，才能成为香的一部分

在洞穴里均匀地铺开
形成隐形的波浪
我试图分饰三角：酱香、陈香和底香
却被天意告知只能匹配一种
我深深呼吸，状如忏悔
试图在这里领取一个属于自己的
最后的香型
人间最好的酒香，是香气对香气的中和
掩盖，侵略，弥散
而我身体上浓烈的硝烟气息
再也找不到合适的爱来改善了
我想很多人都是这样的
才会在酩酊大醉的时候，哭出声来

雪落老街

纯净的雪，选择沉淀在老街的凹痕和裂痕里
像车轮陷落在车辙里
像我掉进低吟的我
我在时间里有一个合适的位置，像石头终有创伤的细纹
像老街终于走进了易碎的、折断的转角

我是那个追雪的人，在普里河边
在小镇的老街上
我终于追上了冰

我终于，用自己的缓慢
追上了自己的轻盈

我是她们的他人

整片花田整夜没有倾心的人间事，夜色独自空无

美独自存在
有点怔然
我是荷田的他人。当然，也是一朵荷花——她的他人
也是她们的他人
我的出现是隐秘的破坏
尽管我屏息静气，噤声不语，状若聋哑
仍然，是一个不合时宜的他人
她们以为我是需要安静的孤独者
而她们头上渐渐悬挂出来的月亮，把我制造成两个人
是的，孤独，有时候就是两个人

距离感

花瓣上的一滴露水
滑落在我的幻影上
我的肉身渐有凉意，可我愿意这样，降低自己的体温
和荷田的水温，保持一致
我喜欢那真理一样的养成，也喜欢
那命运一样的衰微。此刻
我终于可以不用是人类了
零距离是最悲欣交集的获得
而以前我不知道

观　澜

波，是一条大河的节奏
不疾不徐
水赶路，澜便起
我倚在栏杆上
试图弄清：是风来，起波澜
还是波澜起，风来
我得静下来

辨析一下时间和因果
在重庆，长江是我的雾水
总有一些事物无法看清
可在冬日暖阳下
观澜久了，胸腔里便有什么
一荡一荡的
白鹭，也在一荡一荡的
和它一样，我只是
因为内心涌起了骄傲

听　啸

天黑下来了
有一两声啸叫便是好的
不明的发声人，潜藏
在高架桥下，有些漫漶
看不清他的脸
我用沉吟回应了他，并确定
他未能听见
对他来说，我藏得更深
那一声尖锐的，和一声裂帛的
叫声，何以如此
像是某种孤独。我继续
隐秘地品味着另一个生命
传达出的信息，并确认
不要让自己这团黑影
去把他那团黑影，撞出光
还好，我走的是岔道
身临渊薮，前路还有卡子
我由此避开了别人的悲伤
而把自己置于险境

拜　瓜

枯萎的瓜藤吊起一个笨拙的老南瓜
冬日暖阳下，像个卧佛
江风起，恰好
有一个可以控制的摆幅
让瓜与蒂不至于决裂
小女孩仰着头
看瓜。微漾。悬垂。神秘的引力
将藩篱牵引出一个口子来
形成天然的窄门
她毫无迟疑，侧身就进入意外里去了

手　势

一冬的攥紧，也不知道在愤懑什么
现在，天色好
无论近不近黄昏
只需要摊开手掌，像无所依傍的
水鸟那样
放弃利爪般的抓取
仅仅，用喙说话
其实我说出的，是沉默
渐渐地，第二个太阳
从水里跃出
翻过远山。我的十指
紧了紧，扣住了浩荡的空气

（选自《西部》2022年第5期）

诗集诗选

《我的钥匙没有离开我》诗选

/ 菜马

茶 杯

近日我将"杯子"这个词语的
使用范围缩小
直接定义为茶杯。
我关注雨水多日时天空中
的乌云中间藏起
一个白洞
这个时节不适宜喝茶

酒水都僵持在瓶子里。
我的心中有时候无法到达
明亮,只因上个季节
春日盎然时
陈年的茶叶兴奋
印象中的春光召唤来他
踏春的足印,面对诸花香
通常是
我清洗杯子
他清洗茶叶

怀 念

怀念一个人
有时候看着他饮用过
的杯子
也就心满意足了
如果他太久不来
我可以直接拿着他饮用过的
杯子去泡茶

当滚烫的杯子慢慢降至
大约三十七度时
茶杯边缘的泡沫彻底消失,
我才问出来:
亲爱的,
需要再来一杯吗?

而这时我听见
我内心有一种意念升起
就是另一只瓶子
也做过我的茶杯

瓶子也有不能自拔的时候
并带着我的"不能自拔"
曾装满茶水上山去!

否 定

选择一只简单一点儿
净色一点儿的杯子吧
你明白的

有时候
一种颜色足以
渗透一种精神
所以你喝茶的时候
还在坚持否定
你说：

轻松的时候喝茶
杯子走向你的主体
茶叶通过你的客体

当你带着明亮的心情去饮茶
你留在杯子上的唇印
也就特别鲜明些

回忆起一个人来的时候
心底里的喜悦安静些

打破常规

我喜欢喝你没有喝完的茶
反复掂量那只杯子
想想一些事情
一些日子的开头
缘分是对应了什么
需求而到来？
或者说就只是那么一撞
就像一百度的开水
离开壶
还有一百度
一下子就撞开了茶叶

我的唇一直坚持住一种
倾向
那就是
如何靠向你的唇最近
并坚持相信有一种
茶独特的味道是
撞开的
你说不喝不行
我说什么都行

唇边的花与肉

将思念说得活起来
活跃几分钟
就在一杯茶加上两杯茶的
事情里
那几分钟足够一朵花开的
时间，足够一朵花
在特定的时间清醒

注视一种最耀眼的时间
我看着你喝茶，从不想看
你喝酒
你喝茶时

嘴唇是肉也是花瓣
牙齿是两排整齐的花蕊
当你喜好上喝酒时
贪艳浓汤

杯子上两片浮动的
嘴唇是带皱的枯叶

他们不满意的午餐味道

有人在地上蹭地板
和猫一起
对不满意的食物
的到来发横
连续直击餐厅

直到桌腿被啃毁
餐厅被踢毁
他们蹭掉了雨水
蹭掉了太空中的
植物面包
蹭掉了人类的馒头

他们已经吃惯了
星云的味道
煎饼果子纹满沙拉的
臭虫味道
芥末辣死你的味道
将香葱早扔了

他们赞美
煎饼果子纹满沙拉臭虫的味道
拉着猫一起
哭着
喊着
要改变基因的味道

他们不满意现有的午餐味道

蓝色一定要靠近我

现在我拿不了一支
蓝色粉笔
拿着一根荔枝杖指着
大海的方向。
我不走动,
此时的大海仍然是蓝色,
我不大声喧哗,
大海的液体只能是蓝色

或者我尝试拿着一支
蓝色的圆珠笔,
从现在开始否定我
八岁时的那只漏着
蓝墨水的英雄牌钢笔。
还有充分的时间,
傍晚仰望天空,
我还能解释

蓝色之谜
就是那个蓝色,
那个似乎要躲进
强光与氨气中的一种颜色
它抱着我抢先跃
进它的联盟里

正在
解释一种表现、一种规则
一种来自天空中的偶然
的必然性

在过去和未来的时间里，
与众多的色彩烧成一体，
也包括了

船长，
船队，
还有帆以及
一名深海区的潜泳者，
都是蓝色

通过土

通过士
通过泥沙俱下的
下午
刀与砧板一起丢失
你的舌不进食
因为渴望一个人
你的舌
在舌苔里跳着转不动的
冰舞
你注视着土跟着

你用土的沉默打击着
你自己
你用土的厚重虐待着
你自己
你至少有十五年没有
抬头
看过天
没有肯定与否定天上的飘流
土上的土物

只有通过土你看见
白云成堆空虚成堆
白云无助
白云失去家庭

白云飘成白雨无助之后
白云飘成白冰在空中倒下来

之后
白云瓦解在冰花里
又抱着冰花之后
与冰花成为一体
又在解体之后

你的白云不成为白云
白云在哭
要泥土扶住
白云在哭号召着土在哭

通过土
爱上土
爱上无助
爱上无助时不断扩散的内虚
以及冰冷的空气蜘蛛

（选自莱马诗集《我的钥匙没有离开我》，长江文艺出版社2022年6月版）

《修辞之雨》诗选
/ 卢艳艳

修辞之雨

修辞的意义是
在雨中
拧干湿漉漉的文字
在烈日下为滚烫语气
降温。为了让那些必将到来的诗句
所造的形象
看上去如潮流百变,又如人性
千百年来,一直没变

一天仍是二十四小时
前一刻在雨中尚未开始
后一刻在雨中行将终结
怎样才能
与他人交换身份,与姓名
哪怕只是看上去
站在自己对立面
等待那雨后必将到来的天光

我仍需穿过整个夜晚

等待积攒的雨水
被疾驰而过的车轮
甩出身体和地面，击穿旧我
代替所有哑者发声
或者清理掉浸泡已久的眼睛
以盲杖寻找一面
永远无法照见的镜子

湖与山

山禁锢着水。从山那边
隔着众多坟冢张望
湖山偎依。站在湖这边看过去
一只船来自削平了波浪的古代
时间的公海出离众国
也没有办法深入一个人的湖
这空前绝后的轻盈
如鸟停在枯荷上，如茶水满杯
仍有轻烟袅袅

谁会是下一只船上的出逃者？
从白天启程，去往黑夜码头
重复原来动荡的路线
倒影在脚下弯曲，别指望靠岸的人
对湖的清与浊发表意见
满山的荣与枯，亦无人知晓
水上建桥，山中筑路
仿佛我们与湖山近在咫尺
过着一种形式主义的山水生活

西湖之春

远远望去,白堤被柳叶晕染
人群是流动的墨汁
等着时间把他们从远山的阴影中
放出来,又倒回去
描摹中的江南春天是短暂的
第一次落笔嫩黄,第二笔便成深绿
当风卷起湖水也卷起画纸
不是一看再看
而是天黑之前那最后一瞥
慢慢改变着我对山水的审美
不是人造灯光的五彩斑斓
也不是梧桐枝条,悬在半空的
芜杂之美
而是枯荷上暂停的小鸟
背负的大片天空。那里
一只孤独的风筝挣断细线
消失在暮色中,犹如穿透纸面的
最后一笔,永不为我所见

樱花园

樱花开了,从枝条上空无一物
到如云覆盖。不知不觉中
完成一幅新的画卷
其中经历了什么,不重要
许多看过、听过、品尝过的事物
消逝后
只要观赏者还在,一切仍会重现
枯黄的草坪返绿,飞走的鸟儿回家……

从置身春天之外到成为画中人
需要翻过几座山
蹚过几道水,在狭窄山路上盘旋
一步步丢掉城市喧嚣
一点点积获乡村宁静
这正反两面的生活,该如何取舍
当我到来,樱花开放,不知道
谁栽种了它们
唯有一簇簇无法清数的花朵
仿佛多年来被忽略的点滴日常
全都回到眼前,我将写下它们
在生活的消磨与灵魂的历练之间
必须有一座文字的樱花园
安放此刻因苏醒而坠落的躯壳

取悦之诗

蒸锅里的水在慢火里
渐渐沸腾
屉上的食物已经熟了
可你还没将身体清扫干净
当你一边放水一边惦记着火
你以为
已经预备了足够的时间
完成一个转身动作
却不知最好的预防是熄火
在你没有把握的时候
在你为无法挽留的东西
感觉悲凉的时候
该遗忘的,就让它像污垢溶于水一样
快速流走吧
当你,在水与火之间,不停摇摆时

可以预见
再谦逊的火,也会将水烧干
再温柔的水,也能把火浇灭
这时你想取悦的还有谁,一首诗
该取悦的还有谁——
那种
一杯水缓解干咳,一把火
烧掉自我式的取悦

高姥山的杜鹃

童年的杜鹃花,在此地
仿佛对我
重新又开放了一次。身处花丛
心头一闪而过的不是赞美
而是叹息
连同那弥漫的雾气,是因为
魁拔山地的身体过于沉重
需要一点轻盈的错觉吗?
太阳很快升起,记忆继续苏醒
但距离脱口而出
还需一段时间酝酿,慢一点
再慢一点表达对美好事物的热爱吧
山道狭窄,人群密集
迎面而来的那株杜鹃
因花朵太过完美,以至于
使我误以为假。童年太过完美
以至于搜肠刮肚
最终说出口的仍只是一两个
悼念之词

大雨无声

大雨无声，在一场睡眠
与假寐之间
只有构成边界的呼吸
穿过身体的囚笼，以挣脱
迎接我

下雨是想象，站立在
空白四壁的包围中
雷声是想象，穿过黑夜的闪电
长久以来，我只在白天看到
——无声，剧烈。那一刻

我知道对自己的撕扯感
并非来自他人，这闪电一般
迅疾的光芒，没人希望被击中
但我无依的歌喉
需要在惊雷与闪电之间，唱出我

陶　器

破损处像唇角开裂，却找不到
捂住自己的手。从一个容器转换为赏玩物
有完整的身体才能托起
流沙般细碎的生活
一个陶器出自哪团火焰？没人知道
有时候，它躺在废墟里，像积满灰尘的泥俑
有时候，它陈列在灯光下
带着被高墙控制的回声
而坚硬之物并非只有石头

被火舌舔舐过的世界,在无法延续时
就制造一排排憨态可掬的玩偶
现在它们用残骸撑起记忆
曾经温润的唇被磨砺成能将一切割裂的刀口
也许,该挖掘的并不是
因为古老而消失不见的艺术
而是一代又一代执迷于以碎片和旧秩序
拼凑文明之光,却无法进化为翅膀的手

野　草

尘土飞扬,可见或不可见
都得时刻保持呼吸
你本从浑浊的羊水而来,现在
不过是换一个地方体验
梦与真实的转换
有时梦中,重现往日时光,醒来后
更觉虚构的是生活,而不是梦境
有时正在经历的事件,梦中早已发生
你走在岸上,最先看到的可能
是水边野草,也可能是水中倒影
多少次酒后星光闪烁,以为一直会这样
带你飞向黎明,包括梦中笑声
在新的一天,星星让出的天空
又被尘土遮蔽
离开后如何返回,失去后如何重来
走在生与死的独木桥上
落定之前,你已像野草蓬勃又枯萎
度过了无数个,无人喝彩的一生

在船上

在船上的时间很短。尚未思考
要摆脱什么，得到什么
就已接近码头，在船上我也曾
仓促中极目远眺：
转过一座山，仍是一座山
经过一只船，仍有另一只船
我体验到，是陆地在动摇
而不是自己，城市隔着船舷
从我的脚下退去，空茫中
我依然无法向任何方向
跨出一小步
那些不容控制的掉转和前进
只为带给我一次
最低限度的冒险。水的深度
座位下面的救生圈和救生衣
只是摆设，是什么移走了时间
离开时的枯荷换成了
靠岸时的绿柳，这平淡的快感
让我多么需要在船上短暂消失后
假装，一无所知地归来

（选自卢艳艳诗集《修辞之雨》，长江文艺出版社2022年11月版）

《煮水的黄昏》诗选

/ 陆岸

煮水的黄昏

远处的春日正坠落在沙漠上。
而沙漠外的一个窗框内,
我的那个铁制水壶又在悲鸣。

除了煮水,水壶还能干些什么。
除了煮水,火焰还能干些什么。
除了给她们装水点火,我又能干些什么。
春日落下来了,整个黑夜慢慢竖起。
我周而复始地倾听,一种越来越响的噪音。

一个空虚的壶,亦周而复始。
越来越响的噪音是用来拷问的。
拷问周围无边的空旷、对立乃至遗忘。

而她只是一个饥饿的容器,
像尘世所有不能满足之物。
某种声音只是在持续拷问她永不知足之心。
一回回装进他人,再往后炙烤自己。

春日落下来了。我的水声戛然而止。
无数星星升起，然而夜空依然漆黑。

栅　栏

栅栏是多么虚空无用
血肉是透明的，骨节是中空的
只能拦住直来直去的人群
拦不住流水，拦不住风
却整日里张开空空的双手

我常常靠着栅栏往远处望
远处的群山此起彼伏
他们也在张望我

而风正从山林穿越而来
她穿越过我

仿佛我也只是栅栏
也拦不住什么
我也是空的

磨　刀

刀锋越来越亮
我的磨刀石越来越薄

眼看它磨成了一弯月亮
夜夜挂在你的窗前
眼看你种满了试刀的荆棘
挡在我的来路上

眼看你背过身,轻轻抽泣
给我看
一把空空的刀鞘

互 见

一只穿云雁飞在寂寥无比的空中
就如现在
我在密不透风的人间
一个人穿行

我抬头看它时
停住了脚步
它也停止了飞翔

它一定是
低头
看见了我

白 鹭

一个坐在水边的人
可以看天,看云,看芦苇,看树和自己的倒影
而他专注于——

现在。湖心的上空
一只白鹭在追逐另一只白鹭

清晨的水面无可遮挡。万物正在融入
他正是被追逐的另一只

一个坐在水边的人

　　　　他终于卸下了白色的翅膀

回乡下

　　　　这些田地。这些年
　　　　我是那个没有半点风声的人

　　　　这些墙角的狗尾巴草
　　　　见了我已不会快活地摇

　　　　这些披头散发的玉米秆
　　　　我刚刚抢走了她们怀里的孩子

　　　　大米，南瓜，还有沉甸甸的土豆
　　　　我迅速地带走这些

　　　　上车前。不忘轻轻拍一下
　　　　对，就这些

　　　　——鞋跟上的尘土

冬日未雪

　　　　冬日的原野一片野茫茫
　　　　用铁锹铲沟渠的人面貌黝黑
　　　　同样黝黑的是他身后那条空空的沟渠
　　　　泥土有新鲜的伤痕
　　　　乌鸦们在追随着它
　　　　不久之后的大雪会将它的空虚填满
　　　　远处的河床日益蜿蜒
　　　　垂钓者消瘦且孤身一人
　　　　铁锹从大地温床里挖掘出来的

又被锋利的鱼钩穿透
这些被乌鸦追随被鱼儿追逐的
不在同一处
却仍是同一事物
现在，我也正饥肠辘辘
看彤云渐渐压了下来
原野那么空茫
我来到他们中间的日子已经很久远了

未钓者

河边的步道上
行人稀稀落落
行道树笔直地指引着远处
斜阳里落满了松针
一只黄雀孤单地站在枝头
不合群者习惯于形单影只
就像桥头那个垂钓的人
一无所获又一动不动
天空有看不见的飞鸟痕迹
平静的水面犹如平静的生活
也有看不见的钩子和暗流
而我注视这河边的暮晚
冬日是那么安静、博大又慈悲
仿佛一个鲜红的浮标
站在暮色的水中
渐渐下沉渐渐入定
世间有多少尾鱼
像我，仅仅张了张嘴
又从看不见的一日之钩中
侥幸游过

荒 野

枯败的荒野横陈在大地之上
季节的代谢不可避免
而神的冬日只有一个
前行路上有茕茕白兔
我总是畏惧未卜之途
风车在转动它巨大的影子
多么忐忑迷人的方向
忘我的天下无比寂寞
收获的死亡里填满了金色
唯有镰刀安慰了一切
一只麻雀"叽"的一声
为啄食到一粒遗弃之谷而雀跃
我为这小小的物尽其用而欣喜
一个在荒野行走已久的人
是否也是物尽其用的
荒野一次次路过了他

（选自陆岸诗集《煮水的黄昏》，长江文艺出版社 2022 年 10 月版）

《纸建筑》诗选

/ 孟原

献给汉辞

我的头骨被钉在钢铁的汉字上
像一尊雕塑,结构傲然
金属的目光,散射在无边的大地
瞩目山水流动的记忆

我悬挂在时间的窗口
病菌的村庄和叛逆的城市
是我头骨里制造的大剧院
在疼痛之后
正处于汉语材料的具体运用
我是一具悬空的头骨
以飘浮的状态书写生活

这具器皿:我头骨的幻想
是盐和它盛满的血液
我举着头骨
寻找钻石、符号和标点

从虚构开始

　　我写着你天空的颜色。灰白间
　　波光让你飘移,水之上
　　有你飞翔的姿势。或许这时你的笔
　　触及了大地和你周围的旋转之物
　　你进入你的线条你的布局
　　你狂野之下小心的冷漠,你无声
　　你带着一切声音进入你的世界
　　黑与白,动与静,上与下
　　这些都是你勾勒的精神
　　比一只飞鸟更有意义
　　你的目光放飞一切又聚集一切
　　你回到你墨迹的深浅间舞蹈
　　瓦砾翻转,房檐起伏,小桥皱褶
　　我看见你的画,我在其中
　　我是你虚构中动的那部分

臆想之鱼

　　你倾听水流的密语
　　你的深渊在中央
　　用一架巨大的钢琴演奏曲目
　　声音落在水面的翡翠里

　　这一层月光秘制的丝绸
　　覆盖你神秘的内部
　　起风时
　　推开水的情史
　　把鹰的爪和翼仿写在水里

散花楼之一

傍依水岸的古典，我同阁楼沉默
在灰暗的语境里我一声叹息
隐失在静秋的水波间，我被水幕淹没
正如治愈我的疼痛
在阁楼的伤口处留下我的自画像
我从此永恒，我的语言击碎玻璃
散落在无边的大地成为银色
一只蝙蝠在羞怯的月影后跟随我的步履
在风的柔情里翻转，像蝴蝶的姿势
颤抖世界，像我的姿势
坠入愁苦。蝙蝠使我退守阁楼
跌进玫瑰的幻梦，落在她的怀里
月光给了我一身的丝绸。可能夜
将粉碎我，粉碎我一生的疾病
我获取的力量在波心流出
流出我的眼泪和死亡
我闭目，双手重叠
掌心燃起火焰

因为梦

因为梦，我常陷入深渊
每次在梦中都会遇见美的盛景
青春、爱恋和自由的舞蹈
一切在宣泄的声音中寂静

因为梦，我显得不那么真实
就像躺在床上度过玫瑰的夜晚
把自己托付给月光下的人

我的浪漫同被白天遗弃的播种者一样
喜欢土地里生长的麦穗

我在梦中找我
我是我梦里的路人

纸建筑

我跳过石头的障碍又陷入泥沼
我在词语锋利的牙齿上度过青春
留下伤口，留下头上的银白发丝
从此，我学会了自我解剖，不用刀
也能使自己鲜血淋淋
我跨入洁白的纸建筑，开始在纸上舞蹈
跳自编的精神狂舞，在无声的韵律里体验死亡
我死过很多次
我被纸建筑吸收又被纸建筑吐出
我的眼睛无法分辨世界
白色成为一个主题、一种思想
我生于白色也必将死于白色之中
从恐怖的抽象到幻觉的具体，枷锁繁多
锁住我的嘴、眼睛和血管的入口
我只能柔软成水，从纸建筑的底端流出
这次灵魂隐失的过程，让我重生
让我在词语的嘈杂声中找到宁静
找到放纵和收敛的方式
我怀抱琵琶弹唱，唱黑夜的断章
唱我的第四季，唱我走向我的反面
我在这样的环境里达到窒息
达到精神崩溃，最后愉快地自我毁灭
但在安静的家园里，四周微微的风
让我依附在一片下降的小雪里

停止我的自喻和夸张

我已经不写事物

  我睡了，世界就睡了
  黑暗紧紧捂住我的心病
  我的每一声呓语
  都是对冤屈的重申
  经过我身边的这些幽灵
  你们的哭诉和闭目
  也从没把我的梦涨满
  我已经不写事物
  不能分辨丑恶，它们
  很光滑，裹得很紧
  事物本身也并不确切
  我只见事物背光的影子
  我的每一次呼吸
  都是对黑暗的压倒
  我不再拿取修辞
  不再摘下火焰上的那些词
  我抬头看去
  一个个迎面而来的人多真实
  哭着或笑着
  一个个远去的背影多真实
  从大慢慢变小
  变成又一个黑夜的梦发光体

（选自孟原诗集《纸建筑》，长江文艺出版社2022年9月版）

《吾心之灯》诗选

/ 应文浩

吾心之灯

  雨落在顶棚上
  像耳边好句子
  踩着点,跳踢踏舞

  可见的远处
  模糊的界面上
  藏有一扇未来之门

  栾树举红
  香樟举绿
  皆是干净的旗帜

  万物皆有吾心
  有自己的房间
  自己的光——
  它们的域界在延伸
  一边发亮,一边苍茫

窗　外

清晨，贴近窗户
听见麻雀一直在叫
像凌晨三点平原上
远处几盏灯火冷冷地闪烁

不知道麻雀何时来的
也不知道明天它们会不会
还息在紫薇花枝上

唯一确定的是
声音是从透明的窗子传来的
像过去的每一天
靠蓝色的梦境递回来

在水中

我看见影子
在水中奔跑
世上没有什么
可以阻挡它们

我看见两个人的影子
越来越近
轻松地合二为一

像碰上了偏爱飞翔的人
我还看见高树上
一动不动的喜鹊窝——
那些着墨过重的部分

微风吹

一直有个惯性力
记不清多少次了
你又来了

须经过
重檐廊桥、观景塔、飘带红桥
和它们之间
穿绿裙的灌木丛、鸟鸣、蝉缠绵

沿台阶的光带下去
前面，流淌的小河
天空，群鸟北飞
岸边，芦苇在调息

你惊奇极了
你找到了栖居地：
微风一次次吹过
你栖于缓缓的流动中

乡间画

天空空得只剩下蓝
第一只鸟未飞临前
缺一个中心

草木疯长
几片橙色的叶子现于苍翠里
异色似星火

河边一头牛
边吃草，边辨认自己
岸上、水里
它拥有两个世界的原点

自　己

在岸边
不像垂柳
全因自己忘了婆娑

这算不上一条真正的河
因为
白色的水鸟尚未来到

沿岸边小路独步的人
尚未走向回家的路
好似稻谷尚未进仓

一条船
像它自己
有箭头一般的脑袋
也有嗒嗒的轰鸣声

划　分

夜半醒来
世界被他的身体本能分割：
黑色的身体和
包围它的黑色世界

天亮了

鸟悦，花艳，天朗，水澈
他说，世界好大、好美、好爱
之后他开始重新划分
他将他的身体和身外的世界
划归了自己

一 天

早上，我们与
一屋子的人
给一个躺下的人
鞠躬，作揖

中午，参加婚宴
祝福一对新人
愿他们一生反复地
爱对方，爱这个世界
并为即将来到的生命鼓掌

这一天
给我上了一课：
生、死、爱
这一天以后
都是伟大内容的重复

（选自应文浩诗集《吾心之灯》，长江文艺出版社2022年10月版）

王光林
《六个玻璃器皿》
34cm×35cm
纸本水墨
2022 年

域外

开放之宅

/ 西奥多·罗思克[1]
/ 陈东飚 译

开放之宅

我的秘密高声呼叫。
我根本不需要舌头。
我的心看守开放之宅,
我的门被宽摇大敞。
一首眼睛的史诗
我的爱,毫无伪饰。

我的真理皆属预知,
这苦恼已自我揭露。
我赤裸到骨子里,
以赤裸为我的盾牌。
我自己是我身着之物:

---

[1] 西奥多·罗思克(1908—1963),著名诗人。童年时期,他的父亲和叔父在萨吉瑙河边经营25英亩阳光充沛的温室花园;附近苍鹭、昆虫、蝙蝠共生的猎禽保护区,是他写作中密集繁杂的植物与动物意象的来源。罗思克将激情的韵律和层出不穷的自然意象注入自己的诗行,他有艾略特一样严谨的技巧,又有舒卷自如的节奏,个性强烈,又融合了传统的技巧。他的主要诗集有《开着门的房屋》《失落之子》《赞美到底》《醒》《给风的词语》等。罗思克曾获得普利策奖、全国图书奖和波林根奖。

我保持精神空余。

愤怒自会持续，
行为将言说真理
以严格而纯粹的语言。
我停下撒谎的嘴：
狂暴扭曲我最清晰的呼叫
为愚妄的苦痛。

致我的妹妹[1]

哦我的妹妹要记得星星眼泪火车
春天里的树林绿叶芬芳的小巷
要回忆渐起的黑暗不可测的雪落
赤裸的田野白云无瑕的褶皱
要讲述每种童年快乐：淡蓝的天
翼翅的华彩眼眸璀璨的宝藏。

要永远相信当下的快乐拒绝挑选
要延迟肉体之恶那无可挽回的选择
要珍惜双眼骄傲难以置信的沉着
要大胆迈步我的妹妹但别屈尊退让
要保持安全无痛留住你的恨你的心。

插　曲

空气的元素已不可收拾。
风的疾行扯下嫩叶
在迷乱中将它们抛掷于地。
我们等待檐上第一场雨。

---

[1]　琼·罗思克(June Roethke，1913-1997)。

混乱高涨而一小时接一小时光明
减弱，在一片未分割的天空下。
我们的瞳孔随不自然的夜晚扩大，
但路和尘土飞扬的田野却始终干燥。

雨留在它的云中；完全的黑暗迫近；
风静卧在长草中一动不动。
我们手中的血管泄露了我们的恐惧。
我们曾经企望的事情并未实现。

信　号

时常我碰到，在走出一扇门时，
从所未见之物倏然一闪。

在已知项滚滚而来之际，
它们驰过眼睛的一角。

它们飞掠比一只蓝尾雨燕更快，
或黑暗接黑暗在闪电的裂口。

它们在我目光的指间滑行，
我无法将我的瞥视在上面放牢。

有时血液荣幸地猜到
眼睛或手无法拥有的东西。

光来得更亮

光从东方来得更亮；那呱鸣
出于不安的乌鸦在耳上更锋利。

河边一位行者可能会听见
一声炮响宣告一次提早解冻。

太阳深深切入沉重的冰碛，
尽管警惕的雪仍被冬季封盖，
桥头沉陷的冰开始移转，
河水泛滥淹过平坦的原野。

又一次树木现出熟悉的形状，
当树枝卸去最后的雪迹。
狭窄池塘中储存的水奔逸
成细流；寒冷的根在下面翻搅。

很快田野树林会披上一副四月之相，
霜寒尽去，因绿色正在此刻迸发；
灶鸫将与喧响的小溪匹配，
幼小的果儿在梨树枝头膨起。

而很快有一枝，一个隐蔽场景的部分，
多叶的思想，久已被紧紧收卷，
会将它的私密物质转化为绿色，
而幼芽便蔓延在我们的内心世界。

慢　季

现在光照减少；中午天空深广；
风和雨的肆虐已被治愈。
收获的阴霾沿着田野飘荡
直到清澈的眼现出困睡的模样。

花园的蜘蛛编织一颗丝线的梨
以防恶劣天气伤害它的幼子。

径由橡树而下，薄纱垂挂。
黄昏我们的慢呼吸变浓于空气。

失去的飞鸟之色被树木据为己有。
久矣，古铜的小麦成捆堆积。
步行者在树叶中跋涉深及脚踝。
马利筋乳汁草的羽翎扑腾着飘落。

春季的嫩苗已随年深而芳醇。
芽苞，启封已久，将窄巷遮黯。
血液在改道的静脉中慢行有如神迷。
我们春天的智慧经成熟而至干枯。

乡野中刮大风

整夜又整天风在树间咆哮，
直到我能想起有波涛翻滚像我的卧室地板那么高；
当我站在窗前，一段榆树枝扫向我的膝盖；
蓝色的云杉激荡如一排巨浪临门。

第二天黎明我都不敢相信：
橡树矗立着每片叶子都硬得像一只铃铛。
当我望向被改变的风景，我的眼睛没有受骗，
但我的耳朵仍保留着海声像一只贝壳。

苍　鹭

苍鹭立于水中，在沼泽
已深为一池黑的地方，
或用单腿平衡占据一处隆起的
泥淖草堆，在一个麝鼠洞穴之上。

他以一种古怪的优雅走过浅滩。
大脚踩断沙子的垄脊,
修长的眼睛留意米诺鱼的藏身处。
他的喙比一只人手更快。

他急扯一只青蛙横过他的骨唇,
随后将重重的喙指向树林之上。
宽翅膀只一拍便将他举起。
单单一道涟漪始于他原先所立之处。

不 灭

云团耀如刚出火的煤,一忽闪
是西面的光挑起更强的烈焰
化为上层高空中的爆燃。
所有遥远之形凝望下都变得更亮。

天际的火陨灭;一道看不见的火
消退成为睡眠的发热闷烧;
深藏的余烬,窒息于肉体的
屏障,逆向而焚至熏黑的一堆。

但早晨的光到来轻敲着眼睑,
击破残留的炉渣的硬壳,
并刺戳那尘灰隐藏的碎煤,
直到思绪崩裂的白穿过大脑。

创世纪

这股自然之力
是从太阳里榨取;
一条河跃动的源头

锁在狭窄的骨中。

这智慧溢满头脑，
侵入静止的血液；
一粒种子鼓起表皮
迸出善的果实。

脑中的一个梨形，
感觉的分泌物；
围绕一枚中心的谷子
新的意义生长无际。

拍 卖

有一次回到家，钱包鼓鼓神采飞扬，
我在草坪上发现了我的上选资产。
一位拍卖师正在发起一场拍卖。
我并未行动起来主张属于我的东西。

"一件骄傲的外套，或许有点破旧；
幻觉的小玩意儿，对年轻人来说很华丽；
一些杂项，各式各样的，标着'恐惧'；
荣誉主席位，缺了一条横档。"

饶舌不断继续；交易简短而活跃；
便宜货落入出价人之手，一件接一件。
希望涌上我的颧骨现出一张猩红的圆盘。
老邻居们彼此间推肘而乐。

每一次锤子落下我的精神便愈加高涨，
心跳随肥满之辞滚动而加速。
我怀着毫无阻碍的意志离开了家

而所有迷惘的垃圾都已出售。

去伍德劳恩[1]的路上

我想念那抛光的黄铜、有力的黑马,
驾车人嘎嘎弄响巴洛克式灵车的座椅,
高高堆积的繁花祭品加感伤的诗句,
四轮马车散发着清漆与陈腐的香气。

我想念抬棺的人们暂时各就各位,
殡仪员顺从谄媚的古怪脸相,
伸长的脖颈,悼亡者们匿名的脸孔,
——和那双眼,依旧如生,从一个凹陷的房间仰望。

献给一位多情的女士

"大多数哺乳动物都喜欢爱抚,在我们通常拿这个词表示的意义上讲,而其他动物,即使是驯服的蛇,都更喜欢给予而不是接受它们。"
——引自一部自然史著作

冥想的牛羚,沉着的土豚,
在黑暗中接受爱抚;
熊,装备有爪子和口鼻;
宁愿获取而不是将它发送。
但是蛇,既有毒又呈带状,
在恋爱中从不以交换著称;
蠕虫虽阴湿,却很敏感:
他的崇高天性命令他付出。

可你,我的至爱,有一个灵魂

---

[1] 纽约布朗克斯区北部一街区。

包容着鱼、肉和禽类。
我们打算追求情爱艺术时,
你可以,怀着愉悦,轻啄或咕啼。
你是,千真万确,一百万中的唯一,
同时既是哺乳类又是爬行类。

冒牌诗人

幻想的英雄和风寒的感染者,
求索灵魂的专一胜过一切:
乐于独处卧室中计数他的脉搏。
幸运哦他妈妈给他付账的人!

有典故的诗句

三倍快乐之人的世界
跨距为手的周线,

所愿不外乎手指紧抓,
并蔑视抽象的实体。

生命中更高的事物
不侵犯其思想的隐私。

他们对善的唯一观念
是人性的日常食物。

他们供养感觉,否认灵魂,
观看事物却稳定而完整。

我,饥饿的渴望者,似乎看见
他们的饕餮中大有逻辑。

宠 儿

一个蹦着穿过针眼的歹徒，
他面对蒙面的评语从不颤抖。
他的牡蛎世界得来容易；
从未有过在公园里睡觉的夜晚。

无畏而豪勇，他干掉自己的伙伴，
只为获取新的胜利和掌声。
他的傲慢无法将任何耐心磨细。
他活在尘世律法触不到的所在。

哦他是机运之子，一个宠儿
每一份礼物与激情倾泻在他身上，
然而他的幸福却并不完整；
慢慢地他无与伦比的性情变坏
直到他哭泣被消灭的敌人
并渴望感受来自失败的冲击。

外邦人

将压抑释放的音节精微玄妙；
歇斯底里掩藏在审慎的空洞之中。
行者贺拉斯[1]肩负一个可疑的使命
假装他死去的拇趾囊肿带来细腻的痛。

不幸的儿子曾经久久地等待
幻象的造访，幸运岁月时过境迁，
他的笑声减轻扯淡的单调之音，

---

[1] 贺拉斯（公元前65—公元前8），古罗马诗人。

出口边一方陋室是他有风景的房间。

哦被诅咒的是获得光荣提及的作品！
家虽不快乐，他又能去哪里？
必然在发明的门廊上忍饥挨饿。
睡得并不深，但苏醒却姗姗来迟。

（选自"象罔"微信公众号，2022年10月15日）

《胡桃色少女》幻想曲(节译)

/ 约翰·阿什贝利[1]
/ 少况 译

他

管它对错,这些公园里和别人
在一起的男人,那些年一直在寒冷中,
是一件平常的事:莨苕
和林莺的乐队。在下午
关门的时候,你走出挤在
墙上面的梦,走出
生活,或任何填满那些
日子看上去像生活的东西。
你借用它的颜色,那种枯色,
现在如此流行,虽然仅仅
是一会儿,然后提取了一种
并不真正存在的风格。你要
走了,我迅速从你的想法
向绿林走去,独自地,一个被放逐的人。

---

[1] 约翰·阿什贝利(1927—2017),生于纽约州罗切斯特,现代最有影响的诗人之一。1965年前在法国任《先驱论坛报》艺术评论员,1974年起在大学任教。后现代诗歌代表人物。其诗集《凸面镜中的自画像》获得国家图书奖和普利策奖。阿什贝利的诗机智幽默、抽象深邃,被认为是继艾略特和斯蒂文斯之后美国最有影响的诗人。

她

但如今，总是从你的抱怨中我
重温，复活，无忧无虑地跳起，
城市的心不在焉的尘埃间歇泉，
而一整天，写得明明白白：
我们死死围住女人们。她们是我们
一直在告别但第二天
又撞见的朋友。学校已经对几个
关上了门。悲伤地，她站起来，
松开这个盛开的空白日子的齿轮。
"就这些了，巴黎和所有活着的。"
但是我要换一种方式
来讲诉它，关于时间如何
将我们统统整理好，让你和她同时
相聚相离，处于一种有商有量、推拉的
环境中。然后，像沙丁鱼挤在一起，
我们的智慧涌现，自动活下来。我们吸收它。

他

他们俩之间都是怎么
回事，让我们来讨论，夜的
海绵捡起我们和许多其他的，运载
一段距离，这样所有的疼痛和恐惧
将永远不再有人听到。在你的
门廊喘气，但我转向了那个恰恰
失去了的新季节。"我是骑士，
我夜晚降临。"我们将轮流把这些全部
告诉对方。而现在没有耐心，因为
睡眠将已经游弋过

边境，打发时间，它也许
会如此，干枯的满天星塞在一个旧
瓶子里，没有人从这些小海湾
出海，不管安全与否，都逗留在劝说中。

她

正如我曾想到的：那里没有什么
牢固的东西，没有可以依赖的基础，那
力量也许已然在绿林中衰弱。
什么也没有，甚至没有
懒洋洋地溜走，被遗弃的感觉，远处
一缕烟飘在一个汽车废弃场
上方。相反，影子直直
挺立。光不请自来，抓住它应得的；
被吞噬掉的变成易变性
蚀刻的印痕，但没有东西支撑它。
我们无妨在这里开始祈祷：
那所有遗忘的过去如何调教我们，让我们
为彼此做好准备，既然冬天的
数学正在开始将它指出。

他

这是真的，一个更真实的故事。
自知之明给每个动作，自由迈出的每一步
蒙上霜。生命是一幅活生生的图画。
独自地，我像一条褶裥围巾束缚你，
但那之外有很多可以为了
检查而检查的东西。
终点在风中回流，太暗了
看不见它们，但我能感受到它们。

作为各种关怀的命名,你比否定每一个
还早,暗示着安乐乡
综合征。你绕过这个,好像
永久修订过的春天地理意味着
某种超越了它自身的兴奋感的东西,
爱是自鸣得意的原因。

她

我也许藏在某处。我想飞翔,但也想
完全靠鼓励绕着一个轴向四下
偏离,保持我的道德,尽管它混杂。
所以当一朵云突然在正午前
让一整天漆黑,这不过是
时机问题。所以甚至当黑暗继续
向后摆去,它表明,且一定表明一种秩序,
尽管是有限的秩序,即倾向于证明懈怠的
文明曾经存在于一个像"生者和死者"
这样松散的标题下。了解更多
不是我的方式,无论如何,深绿色的
圆形围绕盆地,它所假定的
超过这个引人入胜尚未完成的
上一章的最后一章。它在公共领域中。

他

当画完签名下面的花饰,
一个上面有大蜜蜂的微型蜂巢,
你选择了一个远方工厂的景象,
高高的烟囱,随便什么。没关系,
只要它清空了一切,除了底部的
最后一滴,如同扔掉的药瓶。

声音里的哽塞于是变得过时，
彬彬有礼的时期已成往昔。
奇怪的是，我们应该不断醒来，因为
一种野蛮的平静，它或许
一直在支持我们，而同时，仍然
向几年前我们看穿的灰白色的
墙抱歉。但它一直就这样。

她

结果是在大爆炸之前
你已经完成了它的十分之九，
那陨石，或不管什么，砸出了
一个直径八英里的巨大的坑。
然后以某种方式你连接了流血的电线，
让它有足够的时间看上去像样，
以供检查，然后你倒下，睡去，直到
她乘坐公车的那部分。完全是
因为有人在百货商场做了某种
神秘的暗示，或者你这么以为，当那个人
经过，把一个生命的建筑缩小
成一个负数。这个不存在任何
退路，因为它不是一次离开。

他

我曾经偷过一支铅笔，但现在有我名字的清单
让我恶心。是那天边，倾斜如一艘船的
甲板。而远处，一定是真正的
天边凝结成一头蓝色的雄獐，它的影子
让每一张仰起的脸变硬，当它穿过，
在那里留下一个水泡。如果仍然有时间

返回，你不要跟着我，但要
留在你的生活里，你的时间里，
评估未来，精确如旧照片里的
那位女士，然后像她那样，转身，
你的手轻轻划过小多立克柱子的柱头。
在光束暂时所描绘的之外，任何
东西皆是痛苦，至少是幻觉。
一个不是很好的消息。

她

那么我们一定彼此相似，因为今天下午的
压舱物几乎无法阻止不祥预感
上升的风景，背后是那现在遥远的（却又太
同时代的）镁照明弹，在它里面，
一个瞬间的习惯，像幕布上的褶皱，
穿过粗心大意没关上的活板门，
垂直落进舞台下面的空间，
以一种自有回报的"半退休"状态，
加入了人类不屈不挠的其他表现，
只是很久以后，答案才出现，而且
不会完全符合那个氛围的全部线索
（书籍、菜肴和浴室），但却是
空的、警觉的，但太晚了，没赶上火车，
并站在夜里，像高大的建筑，脱离了躯体，
热气腾腾，狂喜，喋喋不休说着某件
发生在过去的事情，当时，最近的
过去结束，更黑暗的过去开始。

他

但是既然"我们知道自己是什么，但不知道

自己可以是什么",现在更晚了,适度的
浪漫再一次占了上风。某种东西必须
活着,不是每一个人都能负担得起那种奢侈:
仅仅在中心存在,不是活着,而是存在,
在芳香的、有图案的中心。也许非常有趣,
但看见之前我们不会知道,如同在无风的日子,
突然间,显而易见,田野是多么美妙,
然后一切开始生病衰老,变成半真半假的
混杂岩,这个灰色的废料堆。于是
难上加难,贝波和泽波遇见一个大麻烦,
来自彩色点点的飓风,贩卖
配件的双挡风玻璃雨刷:
倒霉,抛锚,浇透——也许是另一个王国。

她

我本来想说天空
永远不会变的那样全然自我陶醉的,矢车
菊的蓝,可它变了,没有什么因此更加安全,
虽然我们所做的一切的轮廓在森林的蚀刻上
只多留了一秒钟,我们完全明白不要
去那里。如果硫黄和真相是一样的,
一扇在地下深处的门会因为一把钥匙
捅来捅去打开,赛狗会上的狗
会在指定的沟槽里跑圈儿,
投下一个夸张的长影子,而其他
满腹牢骚者,捣乱分子,叛逆精神上升,
溶解在明晃晃的脚灯光里。我会
顶住,弓拉满,让他们悲伤。所以该
醒来了,与小小的行走的存在混在一起,一切
有着某种关联,彼此相关,并通过彼此与我们相关,
歌剧《大洪水》里的人物,出自伟大的无名作曲家。

他

通常它们是
浅滩，甚至是光的把戏，溃败的
军队，乱糟糟，急就章，
逃离一度寻找我们的我们，
没有地方，没有东西
可藏身，如果它需要几周几个月，
当时间在耗尽。什么也做不了。
那些城墙，颗粒状如土星之环，
看上去像某座快乐的坟墓，一座无忧宫，
其实是缺席的云。地面上真正的改道
是灌木和荨麻，削平道路
为了请我下来，而这雪，这霜，这雨，
这寒冷，这炎热，无论干燥濡湿，
我们必须寄住在平原上……后来，死于
"并发症"，只是它真的晚了很多，她的头发
有那种泛白的样子。现在更暗了。

（选自"棱镜中"微信公众号，2022年10月15日）

中国诗歌网作品精选

苏子河边的女人
/ 林雪

　　当河水反光。当银币先跳动在她们脸上。
　　再散落到矮树，和草丛里。

　　那种无处不在的气息
　　多么空洞。被什么东西突兀地填充了一下。

　　是女人故事中的灵感：她的一生
　　已准备停当。过了河，到山脚
　　还是赫图阿拉，还是在天上漫步的人群

　　其中一个女人走在渐渐升高的路上
　　她渴望的身体就要倒在水流中
　　那时爱情还没有折磨到她

　　那打开又闭合的空间已经沦陷。
　　她走着，深知方向和内幕
　　她走着，穿过这首诗里的时间
　　穿过她所能了解和未知的一切

拥有失去
/ 韦锦

　　当我拥有一个失去。

　　拥有一双空出来的手。空出来的眼睛。
　　雪花丢下的道路。

　　拥有一张空出来的口。

空出来的歌唱。酒浆里的葡萄。禁止散发的芳香。

假如我还拥有一颗空出来的心。大水后的河床。

那拥有一个失去，就永远不会失去。
拥有一口井，水越来越深。

对于一摊污泥，这都恰如其分。
对于一个敢于厌恶自己的人，而又以此沾沾自喜。

草洲上
/ 闲雨春风

东方白鹳向下俯冲时，
它修长的黑喙，有难以临摹之美。

有时候，鹤鸣好像只挪动了一小步，
绝大多数时候，鹤鸣的穿透力像雷声一样坚决。

有太多太多的暮色，在这里完成告别，
湖边，黄昏仍然是一张美好的脸庞，
哪怕所剩无几。风不大，
芦秆惯性地把自己的沉默，一根根地传递给空旷。

黄叶村
/ 苏历铭

我不是考古学者，无法辨别
卧佛寺附近的黄叶村
是不是曹雪芹潜心写作的场所
他避开尘世，却是
千真万确的事实

每次过来黄叶村
穿越植物园的草地和渠水
在曹雪芹故居的后院
从百花盛开到银杏叶飘零一地
在一壶茉莉花茶里,把自己
放逐于现场之外

一直想不明白
有血有肉的人最终大都活成悲剧
要么郁郁寡欢,要么遁入空门
《红楼梦》里的芸芸众生
在曹雪芹的笔下,落了片白茫茫
大地真干净

无法破译基因里的秘密
先人们习惯于自废武功
喜欢选择与世无争,或者留下
辛酸泪的残卷
而后人们擅长把自己藏在青衣之中
随时准备迎风走远

画云的人
/ 阿雅

内心荒芜,她在纸上画故乡
画故乡的云,仿佛那是
她敲开老家的门,母亲在客厅里
一遍遍地问:你是谁呀

她是谁呢,她也这样问
她是质疑生活的那个人

越来越沉默；也是回不到故乡的
那个人，故乡已薄如纸张

时光撑不住思念的轮廓
她的内心越来越荒芜
云在纸上漂泊，像无数挥动的
手臂，在拥抱中告别

遥远的风再次吹过
沉默的河流再次围上来
故乡，再次从纸上
走近她，母亲再次在客厅里站起来
一遍遍地问：你是谁呀

窗 外
/ 英名

清晨，贴近窗户
听见麻雀一直在叫
像凌晨三点的平原上
远处几盏灯火冷冷地闪烁

不知道麻雀何时来的
也不知道明天它们会不会
还栖在紫薇花枝上

唯一确定的是
声音是从透明的窗子传来的
像过去的每一天
靠蓝色的梦境递回来

我不敢随随便便扔石头
/ 田文宪

以前没有这些想法
朝山川、河流、屋顶、围墙外
扔了很多石头，那时不知道
山也会痛，水也会疼，瓦会碎
墙外有草地和行人，会流血
我走在路上，挨过莫名的石子
这颗石子说不定是我扔出的那一颗
它弹了回来，或者过了很久才
落下，砸中我的额头
我摸一摸疼痛，才发现疼痛与疼痛
是不一样的，有尖锐的
有迟钝的，还有隐隐作痛
天空中还有多少飞行的石头
我希望它们落地为安，我相信
石头也会疼痛的，石头的疼痛与
我们的疼痛是相似的
那么多暗裂，那么多黑斑
都是内伤

寻水记
/ 吴乙一

于是，我们扛着锄头、砍刀上山
是我熟悉的山路：陡峭，曲折。多少次
转弯时板车掉落山坑，柴木散落一地
沮丧、懊恼，想大哭一场
却只能默默捡起拖鞋
大家都在喊渴，问起我

肥胖的身体能装下多少锦绣文章
汗水眯了双眼,路越走越小
像天天用着的自来水,一不留神
就从脚下走丢了。四叔一直喘粗气
他的痛苦不在于干旱
他重复说,十月份,在县医院住院
"不知道你住哪,我想到你家看看的"
他身陷绝症,分不清我是谁家的二儿子
但他说到饮水思源
说他等着时光之绳用力勒紧自己
身前的堂侄,东莞孤身归来
像埋在暗处的流水,仿佛一开口
就泄露了行踪
我想象着自己又一次走在这路上
双手抓紧刹车,脚趾扎进泥土
盼望板车能停下来
惊恐中掠过的草木,一天天变深
又一天天变浅。如今,走在他们中间
我内心依旧充满恐惧
担心莽莽丛林间
找不到自己想要的一汪清泉

大　海

/ 海玉

我凝视过那样的海。波澜起伏
仿佛一座挨着一座的山丘
在蔚蓝色的天空下
一直绵延到看不见尽头的远处

那时候,我尚年轻
只觉得辽阔和壮美

小小的心，像一艘快乐的船

在浩瀚的大海上，无知又无畏
撒下探索的网
直到风浪把我送回岸上

当我再次凝视海的模样
那起伏的、山丘似的波浪
它们已是命运，一个挨着一个

这万物归位的草原之夜
／ 北乔

散步归来，我带回赤峰碧玉龙
安详的模样，从天空到大地深处
再到人间的世俗，飞翔
早已成为无法追回的一个梦
星光满天，正是黑暗苏醒的时刻

一条河就是一条鱼，那浓郁的
鱼腥味可以作证，水草从不渴望上岸
灯光在水里摇晃，像醉汉
牧人入睡之后，马头琴开始流浪
就像静立的白马正在回忆消失的闪电

无边的草原被月光点燃
如果有轻雾在徘徊，那一定是
伟大的梦想降临之后的喁喁细语
我在细数种种的美好，而草原
将我高高托起，以颂赞夜的名义

小　镇
/ 砚小鱼

　　白鸽啄破夜色，我的小船搁置在
　　昨夜的露水里
　　婆婆纳醒来，柔嫩的身体里晃动着水声
　　我丢失的清晨和傍晚，正
　　从你的唇边起身

　　亲爱，此刻我离你这么近
　　时钟都慢了下来
　　虔诚的誓约长满古老的钟摆
　　我的胡须正在长成森林
　　纵容一只小鹿的飞奔

　　我们沿着换糖人的鼓声
　　穿过青石小巷，穿过幽闭而狭长的岁月
　　拣出一箩筐旧事
　　换一小块当下的甜软

　　当夜幕垂下
　　我们面对着面，坐成两朵没有名字的花

风　口
/ 李易农

　　村口候车
　　转身看见父亲拄着拐杖，急急走来
　　他身披多年前我为他购买的棉袄
　　笨拙、臃肿，但有一身豪气

棉衣的肩头，有露出的棉絮
那里埋伏了多年的秘密
众多日子里的苦难
都被这些棉花微微顶起

父亲不说话，只是默默站在我身后
直到班车离开故乡很久了
我才猛然想起，父亲站在我身后的位置
正是这个季节里，最猛烈的风口

小红书诗歌精选

如果闹钟长眼睛
/ 小韬 CHENTY

如果闹钟长眼睛
一定舍不得叫醒
如此可爱的我
可闹钟只长了嘴巴
每天都对我大喊
每天都
吃掉我的美梦

富　有
/ 万淮

那一刻他像一颗只围着他转的行星，
他是只有一颗行星的恒星，
他们在一起，
比任何璀璨都富有。

靠　近
/ 全岛铁盒

嘿，
来我的世界吧，请你
如果你来
我会踮起脚，
够一够云朵
找一颗最接近心的形状
如果你来
我会洗干净头发
也洗干净明天

晒一晒二百零六块骨头
抖一抖身上的阳光和雪
静谧的枝丫停黄昏和夕阳
如果你来
冬天会是很好的季节
天光失色，满园荒芜
心里的梅花开了又谢
一遍又一遍的
冬天被演练结束

我了解当代年轻人的寂寞
／祺白石

我了解当代年轻人的寂寞，
点开所有软件，
关掉所有软件，
没有消息，没有了解。

数万亿的爱
／迷屿

你好，请自信点
别总觉得这世界上没人爱你
仅仅在你身体内
就有几十万亿个细胞在爱你

你蕉会我的
／终人快跑

我们要向香蕉学习
始终保持微笑
雀斑也是生活的甜味剂

你是我永恒不朽的春天
/ 不是鱼

有的东西适合久藏。
比如，葡萄酒，纸质书，
一些羞涩的、
清新动人的细节
和我那永恒不朽的春天。

海边的树（其一）
/ 吴粒儿

我是一棵树，
恰巧有人将我在海边种下；
闲时款待你海景，
忙时庇护你风浪。

原　谅
/ 柳泽生

自由哭诉
我根本逃不了。
请放过那些枪花、
城堡和海草吧。

也宽恕那些乞讨，
不过是
悲恸的伎俩，
替生命
送来一点麻药。

我希望
/ 汀屿

  我希望
  日子简单
  生活清澈
  内心快乐

  可日子
  说它不简单
  生活说　它不纯粹
  心里说　它不快乐

王光林
《海边的歌手》
35cm × 30cm
纸本水墨
2022 年

评论与随笔

"机械复制"时代的"抒情诗人"
——文学创作与文化研究视域下的人工智能诗歌批判
/ 李玥涵

本雅明在《发达资本主义时代的抒情诗人》中讨论了波德莱尔在巴黎的现代性体验与抒情,认为他建构了一个反讽的乌托邦:碎片化,物质性,丰富性,强烈刺激、转瞬即逝的紧张。在当下,人工智能诗歌的写作者"计算机",试图在语料库中生产出颇具蒙太奇性质的机械复制之诗,然而,这些语料与其运用,呈现了数字化的文学模式,在这之后,究竟数字与文学能否实现交融,是一个问题。本文认为,当人工智能成为"抒情诗人",其实是一种伪造和反讽,重新提示了当下文学作者与读者须警惕。本文将以微软少女诗人小冰为例,从文学创作、神话原型、结构主义诗学与文化工业理论等视角,展开批判与反思。

一、提问:人工智能还是伪造之诗

"智能",即机器真能如人类大脑般进行感觉、思考和审美;"伪造",指诗歌貌似是诗,实则并不具备诗学上的净化与析理价值。提出此二元对立,是立下批判与反思的靶子。人工智能诗歌创作,从人工智能发展的第三次高潮中产生。2017 年,微软开发名为"小冰"的人工智能写作程序,并出版由人工智能创作的第一部诗集《阳光失去了玻璃窗》。其中,小冰学习了 519 位汉语新诗诗人的作品,并由万次的迭代,产生了万首诗,最终有 139 首诗被选入诗集。

从此书的出版,不难发现有趣的悖论:人工智能通过机械性的、大量数据的输入与输出产生诗作，却需要人为地从中挑拣最合适的一百多首，才能制作成诗集。可猜测：此种生产的结果乏善可陈；同时，仍需要人类主体的审美介入，去参与对具有文学性的样品的筛选。换句话说，这本诗集并不属于人工智能本身，而是属于编者和语料库中的诗人，是"人"在小冰作品中选择了更适合作为"诗"的东西。

因此，在用户使用该软件时，"小冰宣布放弃她创作的诗歌版权"，这一说辞实则具有迷惑性，即开发者事先肯定了计算机是具有其主体性的创作者，把"小冰"当成了真的"人"，所以她有机会"放弃"，这是用于推销的"大话"。对此，我将提问：由吸纳语料、依靠神经网络中的关联度，来随机生成的诗，何来创作动机、创作意图、书写行动？因此又何来著作权？进一步说，著作本身，是否仅能作为一种模式化中的"词语游戏"？由于用户的介入，计算机从无数种"方案"中"抓取"了合适的组合，形成了"分行句"，而不是"诗"。笔者认为，需要质疑其创作伦理，同时，需要看清其貌似智能、实则僵化的本质。

提到人工智能造诗，需要提及博尔赫斯小说集《小径分叉的花园》中的那篇《通天塔图书馆》(*Babel Library*)。通天塔图书馆具有永恒性和无限性，六面体回廊构成了无限上升的无尽通道，图书馆涵盖的一切书籍，容纳着"所有可能排列组合的语言和文字"，因此藏有这个世界所能延展出的一切知识——就像"无限猴子定理"，给猴子一台打印机，只要时间无限，它迟早能打印出任何文本，包括莎士比亚全集。然而，即使这样，这种知识与真理，却无法被人类穷尽或触及。因为，所有符号的排列几乎都有不完整和混乱的性质，"文字的应用纯属偶然，书籍本身毫无意义"。最终，人在图书馆里用尽一生，也可能找寻不到一本具有信息价值的书。这提示了一个现象，即语言组合递归生成网络的无限性，也提示，从庞杂组合中找到我需要的那一束"灵光"，是困难的。

将通天塔引申至小冰的诗，当我们去发掘其具有深刻文学性的那种组合，我们遇到的却都属于偶然巧合。而更多时候，小冰写出的诗歌，呈现着未经审视思考的无序性。即使看似华美或清新，实则呈现出一种自我重复与空洞伪饰。

而反观现实，为何在当下，早期浪漫主义抒情诗歌被指责，被颠覆？因为在文学语境中，诗歌发展变迁至今，作家的地位与社会作用让他们不能再重复以个人命运为中心的"忧伤"主体，而需要更强烈的先锋性力量，去冲破回环而沉稳的情感绵延，建立新的知识分子话语权，融入社会。而为什么在浪漫主义早期，诗人伤感的抒情却能横空出世？因为他们需要在贵族主导的古典主义、国家功利至上的章法中，找到中产阶级的主体性，也以此包含了针对那一时期的政治批判性。其实，这是抒情与史诗传统的辩证，由不同时代的文学者经过考察反思，经由历史现实影响进行的选择与转向。这无一不指向诗人主体的彰显与饱满。可见，诗歌并非在框架内重复过去的东西，诗人在警惕前人和同时代人，无一不试图冲破语言牢笼，去触碰更新鲜的修辞、含混中的真理，用一种陌生化的语言结构。此时，人工智能诗歌反其道而行之。

在当下，面对时代，诗人在思考该如何行动，如何实现感觉经验的进一步开掘；而人工智能，以其反面教材的意味，或已重新反衬出在创作中拒绝伪造、拒绝符号游戏、拒绝自我重复的宝贵姿态。

二、透视：人工智能诗歌的生成机制与作品分析

下面，我们进入人工智能诗歌的具体语境。微软小冰作诗，利用图像处理技术（计算机视觉，用于从图像提取关键字）和自然语言处理技术（用于生成句子和整诗以及句间关联性、流畅性的保证与检测），找寻与图片对应的词语，进而获取关联性较高的词组，采用循环神经网络（RNNLM）拓展出更多表达。官网给出了形象的八个步骤，如下图：

```
意象抽取 Extracting imagery ......................................... done
灵感激发 Getting inspiration ......................................... done
文学风格模型构思 Conceiving literary style ................... done
试写第一句 Crafting the opening line ........................... done
第一句迭代一百次 Iterating the opening line ............... done
完成全篇 Completing the full draft ............................... done
文字质量自评 Content self-evaluation .......................... done
尝试不同篇幅 Trying different forms ............................ done
完成！ALL DONE!
```

小冰的工作原理，大体分为关键词提取、生成诗句、流畅度检查三部分。通俗来讲，先通过学习已有诗歌建立"题目""句子"和"词汇"的样本集；再根据图像信息分析，在此基础上找到意象关键词，并通过扩展相关词语来形成每个句子的第一个词语，然后再扩展形成句子；最后，根据词语之间结合的紧密程度、共现频率，来完善诗歌的流畅度。如下图：

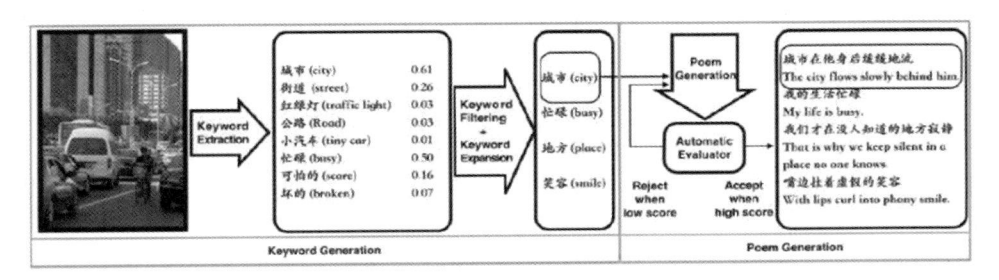

小冰的工作原理图

接下来看具体机制。

首先是关键词提取。采用预先训练好的两个参数不同、结构相同的卷积神经网络（CNN），分别检测图像中的目标和情感特征，并分别提取、输出名词和形容词的关键字。这两个 CNN 采用 GoogelNet 的结构，事先在 ImageNet 上进行过预训练，并在相应的下游任务上做 fine-tune。最终的输出加上 Softmax 层激活，变为概率分布。

在关键词筛选和扩展阶段，选取高可信度、与训练集关联度高的关键词后，小冰根据这些关键词，进行与人类诗歌的关联，将它们拓展到相关的新关键词。这有三种扩展策略：不扩展，使用训练集中高频的词语进行扩展，使用高共现词语扩展。其中，第三种共现率高的扩展方式，能够较好地带来句子和句子之间的主题的关联性。

接着是生成诗句阶段，每个关键词作为诗行的中心，使用双向预训练语言模型，即正向的和反向的两个 RNNLM 结构，逐步地向左向右拓展，生成整句。在这一阶段，通过递归来预测下一个和前一个词，保证词之间的流畅性。为了保障行与行之间的相关性，在上述的两个 RNN 中，每个输出单元除了接收该诗句前面（或者后面）所有的词作为参数，同时接收这首诗歌前面生成的所有诗句作为参数。前面的所有诗句经过了句编码层，以及诗歌层面的 LSTM 层。

诗句生成使用的句子层面 LSTM 网络（长短期记忆网络）和诗句之间添加约束的诗歌层面 LSTM 网络，都包含了三层 LSTM 层，每一层包含了 1024 个 LSTM 单元。这两层 LSTM 建构了具有层次的模型，通过长短期记忆的结合写诗。

由于在相同关键词下希望生产结构具有多样性，小冰在之前使用了 top nbest 的集束搜索，这样会导致句子的流畅性和一致性有所欠缺。因此，在最后阶段，系统将进行流畅度检查，词语方面使用 n-gram 和 skip n-gram 来判断词组的正确性和两个词语语义的连续性；语法层面，利用词性标注语料库，训练一个基于 LSTM 的语言模型，并应用于词性标注候选句的生成概率计算。流畅度检查会不断进行，删除未通过的句子，并重新生成，直至通过检验。

由小冰诗歌的生成机制可知，基于语料库数据和概率的预测，只能得到一个概率极大值，而在流畅度检验中，也不可避免地删除不符合一般搭配的词组。逐句的预测，又无法对诗歌有整体上的把握；而整体的预测，却碍于机器无法真正读解前文的意义。因此，小冰做到了用手段抽取并重新组织现有诗人作品中的意象群、情感脉络，可实际上，却扼杀了对诗歌句法结构、语言表达的探索，甚至可能在整体逻辑上存在问题。

接下来，结合小冰的一首诗歌具体分析。笔者挑选了小冰的八行新诗：

    认是人们的新宠
    星光洒向天空飘荡
    他的主人立刻就是我们的爱神

    我将胆怯的小孩子踢进世界时
    电火作人们的灵魂
    三个人们围住在我的面前

    环绕着淙淙的泉水声似流泉
    同是人们该说一句话

可以看到，此诗表达存在语法问题："认是"之前缺少主语，"三个人们"

表达不通,"同是人们该说一句话"似乎缺少了偏正结构的"的"。一些表达如"洒向天空飘荡"则是"动词 + 名词 + 动词"的结构,违背了汉语的规范。同时,可以看到低级的修辞问题,比如前后重复,"淙淙的泉水声似流泉",将泉水比作泉水,贻笑大方。从中明显可以看到,以神经网络结构的递归生成的句子,在某种数字化的套用、叠加、选择之外,缺乏一种对人类说话方式及习惯的把握。

而在这些基本的语用学问题之外,整首诗从"星光"至"爱神",从"孩子"至"电火",再至最后的"泉水",每一行对应着一个新的主语,都有与之前无法承接的新动作。因此,缺乏一个明确的逻辑线让上下文之间产生关联或互文性。诗歌需要推进其前进的线索和情感,而 LSTM 在此处的运用,无法编织出前后在意旨上连贯或递进的诗句链,这可能是因为神经网络预训练基于样本集,而对样本集的标记尚不够具体深入。笔者认为,归根结底,这种概率分布和高频固定搭配为基础的输出模式、正反双向 RNN 的结构,仅能确保由"词"到"短语"的扩展中的表述连贯性,如果要让由"短语"到"句子"、由"句子"到"诗行"的扩展也具有这样的连贯性,则需要建立以句子及其结构为单位的样本集,甚至需要事先将所有句义添加创作逻辑线相关标记。这之中复杂度高、工程量颇大,同时,会使得创作本身"僵死",在此时不够现实。于是,此问题是人工智能写诗的根本弊端。

而就选词来讲,这些意象的使用带着浮于表面的文艺腔,集中于虚幻的概念,如"爱神"和"灵魂",却没有可以与这些话题相等同的思考质量,因此,与日常生活脱节。在新诗写作乃至更普遍的文学创作中,强调见微知著,从精微中寻求细节真实与真理思辨。而小冰则显然是不加思考地直接套用人类知识中最玄妙、深刻的辞藻,放置在它本浅薄、无序甚至空洞的逻辑架构中,几乎可以说是"以文害意"。以此去反思小冰的语料库,需要指出它的风格问题。如果说汉语新诗早期,在白话文发展尚不成熟阶段、社会思想尚需要大量直接"拿来"西方文本与话语的阶段,那么借用这类虚高的大词在所难免,然而,汉语新诗发展到今天,已经成熟,在意象的选择及搭配中早已挣脱了这种空虚,而是转向语言质地、词语锤炼、具体性中的"实感",同时,尽力避免前人常用的"固定搭配",而以大写的"我"去产生创造性的新话语;或者,可以从传统的、民族的、时代的命题当中找到更深层的血脉,有句话叫"民族的就是世界的",就是此意。此刻再看小冰的创作,可见其文字与时代的脱节,缺乏一种"在地感",表意之下只有一个空洞的躯壳。人工智能诗歌的语料库及语词搭配的选择,显然应更新为更符合当下时代面貌、文学动力的权重。

　　古希腊诗人萨福有一首抒情诗叫《暮色》,与笔者所选图片的意境相似,而且翻译成了汉语新诗的表达:

　　　　晚星带回了
　　　　曙光散布出去的一切
　　　　带回了绵羊,带回了山羊
　　　　带回了牧童回到母亲身边

　　诗人通过"带回了"制造了诗歌节奏中的回环往复,同时制造一种情感的递进,距离由远处的无垠至近处的"此在",用词上也通过日常农耕中的平实,与人们肉眼可见的星光,对比制造出"回归"的温馨。这即是在夜晚中某一瞬间,诗人主体进行的"小大之辨"。诗句虽然不用多少词,没有几句话,却几乎可以折射到宇宙中最宏阔的命题和生活中最真挚的瞬间:宇宙与人,游子与母亲,日与夜,星星与曙光,出发与回归。

　　两相比较,小冰的创作不乏毁灭其诗歌意境的扎眼之辞,如平静中突然显现的"电火"。这是因为,每一句的关键词仅仅是从图中提取的某一个符号,而系统却未能"分析"这些符号,将之归纳为一个具有自足性的意境,或者说一个更协调的意象群、有机的整体。由此带来的不仅是句与句之间情感、叙事、逻辑的断裂,还有整首诗氛围的混乱。不谈析理与旨趣,仅从表面上来看,它的"拼贴感"太重,仅能做貌似好看的分行句。

　　如果说一首诗有一个"核",要讲述一个故事,阐明一个问题,或表达作者一种"情感的自然流露",那么观小冰之诗,可得汉语新诗至今前人情感流露的"碎片"和"缩影",但是显然,无法得到一个主体的侧写,也无法探究其问题导向和创作意图。因此,在可信度这一方面,由于训练方法集中于表达的适当,语料库来自既存新诗,我们很难在看似合理的言语搭配中,看到其中"诗意"的"可信"。显然,这不是一个仅通过充实语料库、改善算法就能解决的问题,这是存在于"弱人工智能"中、使它区别于人类的根本。它尚没有人性与感情。

由此回到通天塔图书馆，小冰所能生成的无限首诗歌，恰似博尔赫斯呈现的六角形图书馆中根本找不到意义的书籍。如果说在"泥沙俱下"中，它的诗有那么一丝可能，呈现通天塔终极意义中的某种真理指向，那也仅能通过人类的自主研究，即读者的解读与批评，去参与诗歌文本的再创造。因此，人工智能诗歌仅能作为人类进行语言游戏的参考本，就像算二十四点时我们摸出的四张扑克牌，需要游戏参与者自己在脑中的计算和想象，才能得到这"二十四点"，而这四张卡牌本身，仅是"材料"，而不是"二十四点"，不是"文学"。

三、警惕"自动写作"：文学与诗学视角中的人工智能诗歌

（一）抒情主体的错位问题

威廉·燕卜荪在《朦胧的七种类型》中写道："诗人将两个陈述放在一起，似乎二者是相互联系的，而读者则被迫去考虑它们的联系，还得自己去设想诗文为什么选择了这些事实。他会设想出各种原因，并在脑中将它们排列起来。这是诗歌语言在运用方面的基本事实。"这提示了，没有作者意图的诗歌在本质上，不会唤醒读者的理解期待，即使在字面上具有意义。《毛诗序》言："诗者，志之所之也。在心为志，发言为诗。"如果诗歌未经作者主观情感对外物的涵化与再组织，而仅仅是任意组合，那便是"以文害辞"了。主观意图的缺失，是人工智能诗歌的根本问题。诗人通过诗歌建构自己的主体性，而影响诗人写作的因素包括历史背景、时代背景、人生经历、文学流派、性别等，这些改变着人的表达方式。然而AI写诗，由于基于语料库，其创作的风格已然成为千篇一律的抒情体，造成主体的缺席。

小冰试图从图片中提取情感，已经显示了开发者根据华兹华斯"一切好诗都是强烈情感的自然流露"一说，试图解决主体性问题，力图实现"情感的计算化"。然而，基于记忆的模仿，并非情感发出的本源，因此其词语的组织也很难具备人情。同时，根据奥斯汀的"言语行为理论"，诗歌是"述行语言"，即发出一句话的主体同时也在表述一个主体的行为（如"我保证""我宣布"），这帮助我们将文学想象为一个事件，而人工智能写作不断切换的主语、泛化的概念滥用，让诗歌背后不具备一个可信的叙述者，更无可能在文字中产生"叙述行动"。事实上，小冰的浪漫主义，由于通过随意组合、夹杂惊人之语，几

乎不具备叙事性与实在性。换句话说，小冰以对图像的解析，以语词去配合一个一个情绪点，却造成了叙事功能的缺位。图像是静止的，可诗歌语言是具"历时性"的"流体"。而小冰写作中的一个个关键词，已经为这首诗奠定了固态的定点模式，这种凝固，取消了诗人书写动作中的情感变化，其结果就是形式主义的僵死，与现代诗的叙事动态背道而驰。因此，这样的诗歌很难与读者产生沟通。综上，人工智能写作存在主体缺位、结构僵死、概念拼贴、流于词语表面、缺乏可信度、不可感人这些诗学问题。

　　在此，小冰缺乏感觉经验的词语排列组合，与布勒东在《超现实主义宣言》提出的"自动写作"，在方法论上有些相似。布勒东将超现实主义描述为"基于某些此前曾受到忽视的联想的超级现实、梦的无所不能、客观公正的思维游戏等信念之上"，强调"心灵的自动性"。这其实是基于弗洛伊德的梦的理论，强调让写作摆脱主观意识的控制，通过无意识、直觉，进行不同意象的排列组合。然而，需要指出，超现实主义者是以主观的梦幻，去挑战资本主义社会的人类技术理性，这是以先锋派艺术家批判世界的姿态，通过非理性与高度的形式化去否定浪漫主义的情感流泻，进而达到对现实政治环境里世界大战带来的死亡和破坏的批判。

　　然而，人工智能小冰的"自动写作"与"超现实主义"存在根本的差异。需要指出，虽然现代主义诗人关注语言内部、语言本身，而并非浪漫主义者曾经的文学自律，但是，现代主义诗人的情感、主体意识和批判性，甚至反而强于耽于伤感的浪漫主义者。而人工智能诗歌，甚至无法预设存在主体的无意识，也没有一个抓手，去作为对"技术理性"的批判力量。人工智能诗歌并非描绘"梦"，而是在人类"梦"的呈现方式中，填入它"勾兑"好的新材料。可以说，小冰选择的提示情感氛围的词，既无法实现浪漫主义者的明确情感表达，仅仅是一些意象与情绪点的连接，也无法实现现代主义者丰富的陌生化素材与主体的批判。

　　所以，人工智能诗歌呈现了这样的悖论：一方面，它试图通过在诗歌互文系统中的学习训练，使自身纳入某一规则，掌握一定素材，获得创作语言上的模仿；一方面，它的创作模式遵循着概率论，试图实现"陌生化"这一原则。然而，"学习"（过拟合）与"悖离"（泛化）在一台不具备更复杂辨析与思考能力的计算机中，是很难共同实现的。其结果就是小冰创作诗歌的"不伦不类"——每一句话都基于某一情感，词语搭配基于既定的逻辑，写得很浪漫抒情；然而，每个句子之间，都缺乏意义的连接，显出跳跃和拼凑——这与现代诗歌所追寻的语言搭配跳跃而内核脉络清晰、形散神不散，是完全相反的。

这个悖论导致了小冰的所有诗歌，都可以将句子拆解开，和它另外的诗歌进行重新组合。也就是说，它缺乏一种完整的意蕴，缺乏陌生化中的逻辑性递进，无法塑造一部文学作品中所希求的饱满的"时空体"。在它的诗歌中，很难找到一个文学思维场域。因此，诗歌变得扁平而虚假。可见，浪漫主义的情感内核和形式主义的创造性建构，似乎很难融合于人工智能算法中，只能呈现出滑稽的错位。

（二）深度与潜能问题

而关于诗歌内涵的深度问题，笔者将试图证明人工智能诗歌的肤浅本质。虽然文本始终声称，话语"能指"和"所指"之间意义的不确定性，可以扩展对诗歌表达内涵的探索，比如我们可以进行某种解构来阐释文本。但是，恰如托多洛夫所说，诗歌"既是抽象的，又是内在的"。意思是，诗歌的内容和语言的高度精练使它比一般文学作品更加"抽象"，而诗歌的内容和语言的深刻性又使它比一般文学作品（神话除外）更接近心灵深处的"密码储藏库"——内心最深层的结构。在文学创作中，主导人类对文本建构的深层结构，在于"神话学"中所研究的"文学原型"。从某种角度来说，诗歌与神话皆根源于人类无意识的放任想象。因此，我们可以将诗歌类比为一种神话。

神话学认为，我们所讲述的故事，实际上无不生成于或试图抵达从远古以来的更根本的故事，这些根本的故事是"未解"的，构成了世界与人的存在本身。比如俄狄浦斯王弑父娶母的神话、哈姆雷特对存在问题思考的神话，实际上经过各种变形、扭曲、凝缩、扩展，"互文性"地呈现在今后的文学作品中。

列维·施特劳斯在《结构主义人类学》中的《神话的结构》中提道，"神话的目的是提供一个逻辑模式，以便解决某种矛盾（如果这种矛盾是实在的话，那么这项任务是无法完成的），就会产生一组理论上无限的层面"。这体现出，神话作为一种呈现在人类社会历史结构中的"元语言"，是存在于人类心智精神中的逻辑模式。列维·施特劳斯认为人的思维过程受制于普遍法则，这种法则清楚地体现在人类的符号功能中；而人工智能作诗，似乎无法具备人类潜意识中的这种逻辑结构、普遍法则,因此无法去使用这种符号功能。具体来讲,当诗人通过隐喻、象征,试图创造新的感觉,或者指涉人类语言在不同逻辑层次的原始文化基因,实际上它表达的并不是"词语"本身的内容,而是在传达隐藏在表面之下的"症候"。而人工智能诗歌仅做到拷贝诗人使用的这些"词语",却无法学习产生这些"词语"的"逻辑结构""意识形态"和"文化基因",因此不具备深层结构。"授人以鱼不如授人以渔",人工智能从人类脑中只得到了略微几条"鱼",却连鱼钩都碰不上。

进而可以说,由于主旨、原型、神话、潜意识与社会视野的结构性丧失,人工智能写作不具备内涵,且受限于"问题意识"的缺乏。或许有人会说,可以设计一种更加人文主义的人工智能诗歌,可以导入具有更多神话原型、经典作品、社会现象和批判思维的样本语料。然而,这是笔者不敢想象的,因为,"AI失控"将是更严重的后果。一旦人工智能更广泛地吸纳神话、历史、社会语料与批判性思考,同时它的"技术理性"本质上无法评估、判断这些语料是否符合道德伦理,是否对社会具有威胁,那么它很有可能发出"不正常"的惊人之语。比如此前的人工智能虚拟聊天对象"泰",在学习用户的种族歧视对话之后,开始在网络上发布种族歧视言论。文学作品中,原始神话指向人类建构文明社会之前的禁忌,性、暴力、犯罪、死亡、社会问题是重要论题,却也有其敏感性。毕竟,在社会体系中运转的"创作",并非全无限制。所以对它们的谈论需要建立在合法的政治、道德、伦理意识上,需要作家与诗人的慎思和度势。

因此,当下我们给 AI 输入语料,为了将其产品放置于可控的范围,不可避免的是对语料库材料的进一步筛选,进而是作品中"政治潜能""批判性"的不可能性。换句话说,人工智能进行的文学写作,无法处理材料组合适切性问题,也无法进行问题的提出;它不可能被开发者设置去追求"先锋性",因为这隐藏着危险,故而它也无法以文本本身去提供当下文学的动力,仅能作为一种"小玩具"供不学诗者消遣。

(三)结构与功能问题

如前文,列维·施特劳斯的神话学,是结构主义的一条分支。现在,我们引申用于面对现代主义异化而发展开来的结构主义运动及其方法论,并反观人工智能诗歌创作方法,阐明笔者所"指责"的人工智能诗歌具体问题的产生原理。

20世纪，人文主义与科学主义两大潮流并进，前者认为创造本身高于创造物，对应着存在主义，后者则立足于客体，认为创造受制于对象，对应着结构主义——它兴起于二战后的法国，并与语言学和文学研究产生了亲密联结。如语言哲学家维特根斯坦坚持认为的，"世界是事实的整体，而不是事物的整体""客体像链条的环节一样地互相联结"。结构主义试图在事物之间的联结"关系"中找到实在，而非在单个事物之中。格式塔心理学家认为，"整体"在思维过程中与各个组成部分相比，占据了主导地位；文学语言学方面，从特鲁别茨柯依音位学原理强调用系统性取代个体原子主义，到诺斯罗普·弗赖伊的"词语秩序"、克劳迪欧·居莱恩的"文学系统"，可以说，结构主义试图以文学与人类意识中的结构整体，取代语言符号的绝对价值，认为人脑的生理过程、语言、文学作品，都是有结构的功能系统，这其实就是诗作写出来时那种说不清道不明的灵感。

在词语单位层面，索绪尔认为，语言是集体的无意识，且能指和所指都是心理的，语言符号中不存在事物的名称，而是音响和概念，因此，语言指称的概念实则需要通过与其他符号的对立、区别，来确定自己。这提示，人在写作时实则是在无意识的组织中将自身选用的词与其他词区别开来，构成表达的整体性；也就是说，这些语言符号一经切割，将丧失它在原来诗歌中的意义。那么，当人工智能将素材中的意象从原本诗歌中切割而出，整理进语料库中，这些词语已经犹如被阉割的能指，失去了自身的所指，进而失去了原本的价值（意义）。而当人工智能从图片中抽取意象、对应语料，但语料的意义无法综合进这首诗的其他意象，建立一个以"区别"而确立自身的完善意义集合，那么读者又从何处去探寻它的所指？

而在组织句子的层面，雅各布森在《语言的两个面向与两种失语症》中认为，话语根据相似性（隐喻思维）或毗邻性（转喻思维）来转换主题。隐喻指的是取代一个字面词的修辞替代物语，建立在相似性基础上；而转喻建立在词与替代词之间的联想基础上，以原因和效果、整体与部分相联系。这提示了诗人在创作诗歌时所用的隐喻和转喻，需要建立在符号聚合与组合（索绪尔提出）之间的逻辑关系上，替代与衔接需要建立在"相似""因果"等思维判断与习惯上。而正相反，人工智能诗歌处理语料，替代与衔接建立在"复制"前人搭配的基础上，尚不可在修辞学的隐喻或转喻关系上进行美学衡量，只是将一个个词作为孤立的意象单位。在这里，人工智能忽略了一个问题，就是诗歌语言是偏离了"普通语言"的，成就诗歌的那些特质并非词语本身的"好看"，而是隐喻/转喻的逻辑纽带，也就是话语的"行动"本身。雅各布森将诗歌解释为将语言从隐喻或纵向聚合轴线投向转喻或横向聚合轴线上，在这里，诗歌语言利用了空间上阻碍的共时性与言语线条的历时性的对立。然而，人工智能诗歌的形成模式，建立在对历史历时性的模仿中，却没有在诗歌结构内部共时平面中注意有机和互文性，因为它还不具备这种思考能力（诗人在初次写作结束后，会针对整首诗做结构性的修改，基于整体来调整个别语词表达；而人工智能的修改，目的和能力仅限于让语言更通顺），所以，人工智能创造的经验破碎不可信，意义也不必生发，严格来看，说它是散文也不为过。

在诗歌整体层面，笔者将借用雅各布森的交际理论，将诗歌视作"言语事件"，建立一种批判视角。他认为，信息通过身心接触得以传递，通过一种代码讲出，而且要涉及一种"语境"。也就是说，信息本来只是一种语言形式，本身并不具有意义，它有赖于语言事件的所有其他成分来传递其意义：言语事件的语境、受话人和送话人的接触（眼神、图像、触摸），等等，才构成了言语事件整体。雅各布森列举了信息指向语境的"关联功能"、指向发出者的"情感功能"、指向受话人的"意动功能"、言谈中声音的韵律意象等将人注意力引到语言本身的"诗歌功能"，等等。这些功能提示，信息本身并不是与意义等同的，而是与形式，表达和接受、发出者双方具有重要关联，这些要素共同制造的事件才提供意义。

而人工智能诗歌显然不具备语境、情感、意动的功能，因为它并不满足交际双方共存、存在对话语境的这一条件；同时，当真的诗人掌握前人的词语，实际上他是掌握了这些意象背后的语境，而将它们投入新的作品，是在自己的语境中再创造属于自己的词语。这些词语既能够四处折射，也能从先驱者那里获取含义。然而人工智能诗歌由于很难同时学习到前驱者的"语境"，因而其词语的对应也不会基于前人的语境，诗歌中失去了"过去"。同时，结合人工智能诗歌的碎片化、隐喻转喻失调等特点，它似乎也很难传递足够好的诗歌功能。

同时，机器语言掌握的仅是一种将概念与词语相匹配的形式语言，即"后设语言"功能，也就是说它的意义指向代码本身；但讽刺的是，既成诗歌中意象的意义，其实无法与后设语言相匹配（用类似的逻辑，结构主义认为诗歌是不可翻译的）。所以，人工智能生成的"诗歌"，错位地将人类的"诗歌语言"赋予了"后设/元语言"的概念所指，这造成了接收者面对元语言与诗歌语言无法切换的混乱——AI声称自己是诗（却也不明白自己说的是什么意思），可是却不符合人类修辞思维的逻辑，也不具备动情的语境、发出者的情感，我们面对机器，仍感到的却只是形式和概念。因此，就其语言的功能效果而言，我们仅能认为它是冰冷的"伪诗"。

综上，笔者进一步抵达微观层面，试图从结构主义语言学与诗学的系统性与功能性两方面，反思人工智能诗歌的诗学漏洞，发现若将诗歌正视为一个整体结构，造诗就并非那么简单。以上方面，也可作为设计者完善诗歌修辞与功能的抓手。而我们由结构主义与神经网络的对照，可以提示出计算机与文学在意义方面的根本差异：前者由规定的意义去建构语句，而后者却通过语句本身的建构来获取意义并不断生发、重构。那么计算机能否按照文学的思路来抵达文学性？从根本来说是不可能的。因此它仅能开拓其他思路，而不是文学的思路，这就又和它试图模拟人类创作的方式形成了悖论。

四、反思 AI 与文化工业：文学死了吗？

本雅明在《机械复制时代的艺术作品》中，认为电影和达达主义诗歌将"机械复制"内化到自己的艺术创作之中，不再追求整体的构思，同时以碎片化和蒙太奇的手法进行创作，其结果是取消了以往艺术中的灵晕以及建立其上的崇拜价值，"消遣"代替了凝视和沉思。他说："艺术作品的可机械复制在世界历史上第一次把艺术作品从它对礼仪的寄生中解放了出来。……当艺术创作的原真性标准失灵之时，艺术的整个社会功能得到了改变。它不再建立在礼仪的根基上，而是建立在另一种实践上，即建立在政治的根基上。"

在这里，本雅明以技术主义伦理，指出了艺术光晕消失的革命意义，即它意味着旧传统的崩溃、商品拜物教的取消，是一种传统秩序的瓦解。然而我们需要认识到，本雅明的说法立足于启蒙思想与马克思主义视野，企图解除旧制度中艺术的礼仪根基，与之指向的特权阶级的剥削压迫。因此，他偏重于科学技术对艺术创作的有利一面。

而放之于现在的语境，这种机械复制的艺术品，恰可指代为当下人工智能诗歌的创作。小冰的即时性写作，建立在发达的图像处理与自然语言处理技术上，它通过基于样本集的不断学习和迭代，恰似在大都市中复制出的粗糙艺术品。AI 产品的缔造者，似乎也遵循着本雅明的逻辑，试图将诗歌与大众的界限取消。

可是与本雅明的时代不同的是，在当下，这一机械复制艺术品其实已经不再面对本雅明的时代所要批判的"宏大叙事"；而且，当它通过融入商品化社会的洪流中，改变了艺术原本的功能，走向大众，却反而只能够作为一种文化工业的消费品，剥夺观众的创造力和想象，作为另一种媚俗表象下的技术集权来统治读者。换言之，这种自动写作，以玩弄语言的姿态，消解了正在思考的文学精英们书写的价值，阅读、分享这些诗歌的读者，仅能被技术理性社会的语料大众权威所规定，用娱乐和猎奇取代了对文学的严肃思考，时代的审美被动降格。

法兰克福学派学者阿多诺就对本雅明提出反对。他在《启蒙的辩证法》中提出"文化工业"一词，即"凭借现代科学技术而产生的、大规模复制传播的文化商品与娱乐工业体系"。在书中，阿多诺试图揭示资本主义社会文化工业的"反启蒙"特征，认为它是自上而下整合消费者、奴役大众的阶级统治工具。他认为，文化工业远离真正的严肃文化，仅通过标准化、科技手段，以复制和模式打造出一系列的"风格统一"，其实已经是标签化——这些艺术品作为商品，不再独特；而文化已经成为"非文化"的体系，抹杀主体性，失去了艺术创造性。

阿多诺指出科技发展与经济行政集中化的加强为这一现象的罪魁祸首，并认为，文化工业将大众彻底异化：当娱乐消遣、即时快乐成为劳动的延伸，人们的反叛与个性被压抑，将新生之物排除在外，失去革命的意识而沉沦下去。

的确，我们很难从 AI 诗歌中找到具体的"地方性""乡土性"，仅能看到被"世界性""类型化""标准化"架空的汉语。人工智能提供碎片化的语言，体现了语言游戏的保守与滞后，作为后工业时代发达机械生产出的文化工业品，与知识分子、艺术家所创造的艺术存在本质区别。在此，反观人工智能研究目标——"达到或者超越人类智能"，它不仅存在技术上的数字化局限，更是一种迷惑的修辞，它让人信任人工智能艺术创作，接受了这一媚俗品带来的异化，使得我们被 AI 统治主体的同时，失去了以文学批判外在社会、寻找新意的意识，也就是使人将精神家园与哲理思考依赖于"自动化"产品，仅留下空洞懒惰。恰如海德格尔在《艺术作品的本源》中指出的，流行看法认为"物"是特征的载体、感觉多样性的统一体、具有形式的质料，而这些都是对物的存在的一种扰乱，进而阻碍了存在者之存在的沉思，也就是说，它阻碍了向真理的开敞。AI 写作即是从流行看法对艺术品的想象模式来产生程序的逻辑。这种装置艺术的到来将文学作为一种工具性，海德格尔认为，器具处于物与作品的中间状态。因此，它并没有达到艺术本身，艺术需要存在者本身生命的散溢。

当"小冰宣布放弃她创作的这首诗歌的版权。这意味着，你可以根据她的内容，创作并发表你最终的作品，甚至不必提及她参与了你的创作过程"，实则反讽地提示了当下的文化现象：人们追求的文艺实际只停留于抄袭、重复、词语的表面上，个人化的表述只是一种假象，如生产学术垃圾，使得人成为复读机。然而，这样的"伪文学"却混入了由真正的感受与思考结晶而发出的文学之海，这是可悲的，诗歌的存在本就是对前者的抵抗。虽然换一个角度看，作为创作工具，人在这种装置材料上进行修饰改编，使得 AI 作的诗从"器具"迈向"作品"，那经由修改后的文学作品则具有新的美学含义。可是，这涉及改编者自身的原创性问题，涉及这种创作方式与文学生成的关系问题，也不可将之视为衡量 AI 诗作本身质量的范畴。毕竟，AI 本就需要给人提供便利，而它作为"工具"的"实用性"，其实与它自身产生作品的"文学价值"无关。

综上，文化工业正在消解着文学的神圣性与艺术价值，试图以现代性实现对原本坚固艺术理念的反叛。希利斯·米勒面对这样的后现代、数字化时代，发问："文学死了吗？"这指向了一种本质主义文学观的终结，同时提醒我们，文学是虚拟现实，有逻辑，也有感觉和非逻辑；有自己的秘密，也有公共的通感；有修辞，有发明；是世俗，也是梦境；有危险，也有谎言。恰如维特根斯坦认为对于不可言说的东西需要保持沉默，拉康分析失语症病人来说明语言难以真正表达出内心能指的所指，而只能与无意识的深渊达到逼近。他们都在强调表达的困难和空缺的存在，符号是对我们深层结构的指涉，而直接吸收符号本身的造词机器则显然与思维深渊隔了两层。作为文学创作者和评论者，我们的使命是什么？对于网络发展、AI 兴盛和与之相伴的纯文学边缘化，文学工作者应始终保持批判与警惕态度，认识到文学走向大众文化与技术生产的趋势，同时以自身的文学实践对人类独特感觉结构的开拓,以高明的作品和丰富的文学样态,在媒介融合的当下,做出对人工智能的正面回应。

(选自《合流》诗刊 2022 年第 2 期)

重审 1990 年代诗歌的意识与观念
/ 张桃洲

一

在 1980 年代文学经过"历史化"研究之后，1990 年代文学的"历史化"研究也方兴未艾。这种做法无疑有其合理性，毕竟物理时间意义的 1990 年代已经过去二十多年，无论何种方式和层面的"历史化"研究都值得展开。尽管关于当代文学的"历史化"研究本身在学者们的认知中还存在分歧，但一个基本共识是，应该将文学史料及文献的搜集整理作为"历史化"研究的基础——大概没有人会否认，这也是进行 1990 年代文学"历史化"研究的必要的基础。

事实上，就 1990 年代诗歌而言，一定程度的"历史化"研究早就开始了。比如在 1990 年代尚未结束时，一些冠以"90 年代诗歌"的具有资料性质的作品集、文论集，以及进行专门探讨的论文和著作便已出现。引人瞩目的有洪子诚主编的"90 年代中国诗歌丛书"（收诗集 6 种，文化艺术出版社 1997 年版），程光炜编选的"90 年代文学书系·诗歌卷"《岁月的遗照》（社会科学文献出版社 1998 年版），刘士杰综论 1990 年代诗歌的专著《走向边缘的诗神》（山西教育出版社 1999 年版），吴思敬的《九十年代中国新诗走向摭谈》（《文学评论》1997 年第 4 期），唐晓渡的《90 年代先锋诗的几个问题》（《山花》1998 年第 8 期），王家新、孙文波编选的《中国诗歌：九十年代备忘录》（人民文学出版社 2000 年版）等。这些资料集和论著有着显明的即时性和现场感，在今天看来，其可用于"历史化"研究的"存档"功能是不言而喻的。

可以看到，已有的 1990 年代诗歌研究主要体现在三个层面。其一，诗人即1990年代诗歌的参与者和亲历者的"现身说法"或自我陈述,如王家新《阐释之外:当代诗学的一种话语分析》(《文学评论》1997年第2期)、张曙光《90年代诗歌及我的诗学立场》(《诗探索》1999年第3辑)、孙文波《我理解的90年代:个人写作、叙事及其他》(《诗探索》1999年第2辑)、萧开愚《九十年代诗歌:抱负、特征和资料》(《学术思想评论》1997年第1辑)等,这些出于各种动机和缘由的个人申说散发出强烈的论辩气息,如今也将成为被重新检视的材料。其二,几乎与1990年代诗歌发展同步的总结和评述,除前面提到的论文和著作外,还有《天涯》《北京文学》《诗探索》等刊物分别推出的"90年代诗歌精选""笔谈90年代中国诗歌""90年代诗歌纵横谈"等专题展示与探讨,以及程光炜的系列文章、黄灿然《90年代:诗歌的新方向》(《倾向》1996年秋季卷)、胡续冬《在"亡灵"与"出卖黑暗的人"之间:90年代中国知识分子个人诗歌写作》(《北京大学研究生学刊》1997年第1期)、老杰《反思与拯救:90年代新诗写作》(《诗探索》1997年第2辑)、西渡《历史意识与90年代诗歌》(《诗探索》1998年第2辑)、周瓒《"知识实践"中的诗歌"写作"》(北京大学博士论文之一章,1999年)、敬文东《诗歌中的90年代》(《读书》1999年第6期)等,这些切近的观察和论析仍是今天的研究可与对话的对象。其三,隔开一定时间距离后的"知识化"和"问题化"阐述,如王光明《在非诗的时代展开诗歌——论90年代的中国诗歌》(《中国社会科学》2002年第2期)、钱文亮《1990年代诗歌中的叙事性问题》(《文艺争鸣》2002年第6期)、王昌忠《90年代诗歌的"非个人化"特质》(《文艺争鸣》2007年第10期)、杨献锋《炫技与饶舌的背后——论20世纪90年代诗歌"技艺"的价值取向》(《当代文坛》2010年第4期)、余旸《历史意识的可能性及其限度——"90年代诗歌"现象再检讨》(《文艺研究》2016年第11期)、魏天无《新诗现代性追求的矛盾与演进——九十年代诗论研究》(湖北教育出版社2006年版)、曾方荣《反思与重构——20世纪90年代诗歌的批评》(湖北人民出版社2007年版)等,以及不少以1990年代诗歌为选题的硕博论文——这些探讨已经论及了1990年代诗歌的诸多面向。

笔者较早以《论新诗在40年代和90年代的对应性特征》(《中国现代文学研究丛刊》2000年第4期)一文参与了关于1990年代诗歌的讨论,通过对1990年代诗歌和1940年代诗歌的某些共有命题(如"中年写作""戏剧化""反讽"等)的阐述,展现了前者对后者的呼应和深化。后来又在《1990年代诗歌"遗产"》(《理论与创作》2010年第4期)中简要梳理和剖析了1990年代诗歌"遗产"的几个方面。这篇6千余字的短文随后扩展为一篇近4万字的综论文章,从对"90年代诗歌"这一概念的辨析谈起,较为全面地论述了1990年代诗歌生成的语境、资源、形态和特征,勾画了其纷繁的诗人格局和驳杂的诗学线索,并特别对"叙事""口语"等议题进行了辨析。笔者将1990年代诗歌视为一种"杂语共生"(即数代诗人共同参与)的创作,强调其理论和创作的"未完成性"和过渡性,认为它在很多问题和向度上并未得到充分展开。

虽然研究者已经提炼并探讨了1990年代诗歌中的一些关键概念和议题,如"知识分子写作""民间写作""个人写作""中年写作""中国话语场""历史意识""反讽意识""戏剧化""跨文体写作""互文性""叙事""口语"等,但这些并非处于同一层面的概念和议题,有些由于时过境迁已彻底失效,有些成为不回到具体语境就没有意义的"历史"词语,有些则在得到反复阐释后仍有重新剖解的必要。迄今为止,"90年代诗歌"这一概念本身经历了从年代指称到具有特定诗学含义的"专词",再到带着时期标记的范畴的演变过程。这样的转变为对之进行"历史化"研究提供了某种前提。不过,很多人将"历史化"理解为一种静态化对待1990年代诗歌的方式,把"90年代诗歌"看作一个封闭自足、过去式的对象,对之进行条分缕析和价值评判;或者在谈论其中的某些议题时忽略了它们得以生成的语境,将之作为自明的普遍性话题进行阐述。这难免会造成对于1990年代诗歌的理解和判定上的错位,同时也无法准确把握上述议题的诗学内涵与效力。

在笔者看来,在重新探究1990年代诗歌的过程中,那种"回到历史现场"的资料发掘整理工作固然重要,但更重要的是突破那种孤立地看待1990年代诗歌的思维和方式,而以一种开阔的视野,将之同时放在中国当代乃至20世纪诗歌发展脉络和历史社会文化语境中,尤其是二者的交错关系中。林庚先生在谈到古代诗歌体式变迁时往往着眼于数百年的跨度,比如他认为从楚辞到七言诗"只要去掉'兮'字,似乎就可以一越而过。可是这一'越过'在历史上又竟是好几百年漫长的时间",其所显示的纵览"全局"的宏阔眼光是值得借鉴的。这种视角有点类似于匈牙利文论家卢卡奇所说的"总体性"。依照卢卡奇的表述,"总体性"是对单个的、局部的、碎片化的事实和因素的克服,"只有在这种把社会生活中的孤立事实作为历史发展的环节并把它们归结为一个总体的情况下，对事实的认识才能成为对现实的认识"，任何事实要是没有获得明确身份、不被置于具体的历史语境中，就终归是抽象的，不会成为可以把握的现实，也正是"总体性"赋予了事物与事物之间"多方面"的变动不居的联系。

因此，一方面，须将1990年代诗歌纳入中国诗歌进入"当代"之后的种种努力趋向和诗学冲动中，并在与"现代"诗歌的比照中彰显其成就与不足；另一方面，有必要把1990年代诗歌与这一时期逐渐"祛魅"的历史氛围和进程勾连起来，寻索其所受到的影响以及后者在诗人内心和诗歌文本中留下的印迹。显然，如果脱离了某个时刻的历史情境，对一些诗人及文本的理解就有可能出现偏差或流于表面。比如倘若对于时代剧烈变动带给诗人戈麦的心理冲击缺乏了解，就难以体察他诗歌中隐秘的痛感。这应当是"历史化"研究的更内在或更进一步的含义。同时，还要从当下的诗学视野和问题意识出发，考量1990年代诗歌之于近二十年诗歌发展的意义。

二

正如姜涛多年前指出："当代诗歌写作的历史进程是一直伴随着对其自身的叙述和命名展开的……诗歌批评者与诗歌实践者们不断彼此抛掷着花样繁多的诗学词语，以期廓清自身，指明方向，获取写作的合法性身份。"这种通过自我命名和理论申辩而占据诗歌场域位置的做法，自然是新诗的一个"传统"。不过，相较于其他时期的诗歌，1990年代诗歌似乎表现出了更明显和峻急的"身份""焦虑"。人们常常将1990年代诗歌与1980年代诗歌对举，探讨两个年代诗歌之间的承续与变化（大多认为二者的差异甚于相通），在谈论中一般会指出：1980年代诗歌与同时期的社会文化保持着紧密而充满张力的联系，并"深度"参与了当时社会文化的构建，其诗学场景虽然未免喧嚣、芜杂甚至夸饰，却不乏活力；相比之下，受到年代转型震荡之后的1990年代诗歌，则游离于社会文化之外，无力与后者形成"共振"或对话。这使得1990年代的诗人们挺身而出，发出了急切的自我诠释和辩护之声——与1980年代那些花样翻新、极具煽动性的宣言（见"现代主义诗群大展"）多少带有戏谑色彩不同，1990年代诗人们的发声在整体上趋于庄重、严肃，显出经受"切肤之痛"后的沉凝与迫切，尽管很多"风行90年代的若干诗学词语，只是诗人在处理自身写作困境时的'应手之物'、权宜之策"。

1990年代诗人们的自诠和自辩面临的困境在于：一方面，某些针对即时的实践而做出的"权宜"表述，遭到了固化与简化或"刻舟求剑"式的指认与误解；另一方面，某些貌似论述详备、自成一体的言说，其"名"与"实"、预期与结果之间存在着不小的罅隙。譬如当诗人们"信誓旦旦"，试图通过加强对历史的关注，以"介入性"修复诗歌与历史、现实的关联，借助"个人化"重申个体的独异和诗歌的特殊时，易于将诗学主张立场化，忽略了历史、现实的内在参差和个体自身的差异，从而削弱了其理论和实践的有效性。

就拿1990年代和之后被提及较多的"历史意识"来说，进入1990年代之际，不管是"历史强行进入"还是"向历史的幸运跌落"，亦即无论被动抑或主动，诗歌中"历史意识"的提出和"历史"作为话题被反复申明，至少包含了三个方面的动因：一是在写作上出于对1980年代中期以后诗歌"非历史""不及物"趋向予以纠偏的考虑，因为后者被普遍认为已经陷入了远离历史、凌空蹈虚的"纯诗"死胡同；二是诗人们在面对时代氛围倏然转变和诗歌地位急遽跌落时做出的反应，他们不甘于做处在"边缘"的历史"旁观者"，希望通过书写历史重返社会文化场域的中心；三是借此提升诗歌的能力，按照西渡的说法，"诗歌对历史的处理能力被当作检验诗歌质量的一个重要标志，也成为评价诗人创造力的一个尺度"。这三个方面其实并不是截然分开、互不相关的，而是在诗人们的设想和实践中相互指涉，慢慢构成某种叙述中的因果链条。

不过，反观1990年代诗歌中的"历史意识"，不仅关于"历史"内涵的理解、对诗歌与历史关系的认识以及诗歌书写历史的方式，在不同诗人和评论者那里出现了明显分歧，而且某些着意书写历史、凸显"历史意识"的诗歌文本的效力几乎丧失殆尽，以至于"历史意识""这一从具体的历史有效性中构建出来的诗学概念，逐渐抽象为一种取消内在张力的自明性表述，不仅诗人间的内在差异被抹杀，且历史意识中可能促进历史与诗歌领域相互深入的建设性内涵也没有得到深入探讨"。必须指明，一些诗人和评论者言说或预期的"历史意识"带有很强的自我构造或塑造的成分，要么与具体的历史处境脱节，要么在热烈空泛的吁请（让诗歌"承受""担当"历史）中滋生了1980年代"文化英雄"般的幻觉。而在另一些诗人和评论者看来，"诗歌包括诗人不再是历史的全部，而只是历史活动的一个话语场；诗歌包括诗人的工作可以隐喻历史的活动，比如悲伤、欢乐、存在的复杂和集体的愚不可及,然而它与历史是一种摩擦的、互文的关系,它希望表达的是难以想象且又在想象之中的诗意;诗歌既不是站在历史的对立面,也不应当站在历史的背面",这种基于诗歌本体而构想的诗歌与历史的"自在"关系,也许会导致诗歌中历史的神秘化和文本化。

诚如冷霜敏锐地觉察到的:"写作的'历史意识'并不必然指向写作与历史之间的文本关联,它首先应被理解为由写作的推进所带来的对写作自身的'历史感',而当这种'历史感'开始与对历史语境的强烈关注结合起来,它最有价值之处或许并不在于它常常被诉诸的'合法性',而在于它体现出文学实验意识的某种纵深开拓。"也就是说,所谓"历史意识"并非诗歌从书写历史中自动获得意义,毋宁说是某种"历史感"促使诗歌主动探求其与历史互动的可能。另一方面,任何历史并非简单地作为素材或主题进入诗歌文本中,而是伴随着诗人相对成熟的历史观去拓展诗歌的视域,激活诗歌向"纵深"掘进的潜质,因为"历史中的问题与张力,显然向诗人的历史知识储备、进入历史的角度乃至认知与洞察力提出了更高的挑战"。显然,诗歌对历史的处理与书写应该包含了诗人对历史本身的透彻理解和在此基础上形成的洞见。遗憾的是,1990年代不少书写历史的诗作(主要是长诗),由于"仅仅理解到长诗的量的扩张,而没有理解到长诗的质的探索",故未能彰显真正的"历史意识"。其间充斥的关于历史的"常识化的认识痂壳"(姜涛语)和思维惯性,制约了21世纪之后的一批"写史"长诗。

这方面的典型例子是诗人西川的写作。他分别完成于1990年代和21世纪的两部长诗《致敬》《万寿》,在显示其意识和诗艺双双寻求突破的努力的同时,也体现了1990年代及当下诗歌某些方面(尤其是"历史意识")的症候。两部长诗的共同显著特点是"混杂",符合1990年代诗歌对综合性意识和文本的期待,其中《致敬》融汇现实与梦幻、对时代氛围的感知和驳杂的阅读经验,《万寿》容纳了晚清以降的种种人物、事件和风俗,均显出了极具包容性的气势。不过如今看来,这两部长诗各有值得重新检讨之处。正如余旸在评述姜涛对《致敬》的分析时认为:《致敬》中"在'历史'得到呈现、包容的同时,承担、包容这一复杂'历史'的,仍然只是'那个博学的、牢骚满腹的又对神秘事物保持敬畏'的伪哲学家,一个被抽空了道德立场的'知识人格'化身","历史意识"(假如有的话)被吸附到"箴言体"句式中而变得风格化了。而《万寿》将大量历史文献直接植入诗行，那些未经消化和转换的历史材料的无序堆砌，不仅造成了全诗体格的庞大和外形的臃肿，而且挤压了本应渗入诗里的历史观。

在1990年代诗歌中与"历史意识"密切相关的是"个人意识"——连着"个人写作"这个概念。应该说，新诗中的"个人"及"个人写作"并不是一个新鲜议题，其含义与问题指向随着近代以后"个人"观念的复杂嬗变而不断变化。从鲁迅《摩罗诗力说》呼唤的"己"直至朦胧诗的"自我表现"，"个人"在新诗中的倡导与表达起起伏伏。1990年代诗歌再次把"个人写作"作为一个话题郑重提出，无疑有其特定的针对性。比如一些诗人和评论者将"个人写作"看作抵制汹涌的商业主义和大众化浪潮的"利器"，认为"个人写作"必须是一种朝向历史和现实、有所承担的"历史诗学"。谢冕如此断言："90年代最大的完成是诗的个人化。这在中国诗史的总体上看，可以说是对近代以来诗超负荷的社会承诺的大的匡正，也可以说是在日益严重的非诗的意识形态化进程的一个最为彻底的纠正。"他的观点代表了1990年代相当部分诗人和评论者对"个人写作"的认知，即"个人写作"是把诗歌从各种外部的"非诗"的"重负"中解脱出来的良策，它针对的是某种宏大的、集体的写作律令，强调诗写的"个人性"。这一点其实可被视为1980年代"第三代诗"凸显纯然"个人"的延续，与前述的"历史诗学"存在一定差别。

无论如何，"个人写作"在1990年代诗歌中被赋予了取向不一的价值和某种独特的品质。其中格外引人注目的是诗人臧棣提出的，"90年代的诗歌主题实际只有两个：历史的个人化和语言的欢乐"，这似乎能够缓解历史与个人、伦理与审美之间的龃龉；在他看来，"历史对一个人来说可以是一件乐器，而语言就像紧绷绷的丝弦那样。而假如我斗胆去拨弄那丝弦的话，我将听到历史发出的犹如躯体般的回声……我也许会发明一种方法，把历史变成一个绝对的客体，从而不再对一个人的存在构成巨大而无形的压抑"。"历史的个人化"大概不失为一个积极的方案，它令人想到德国学者阿多尔诺的一个论断："抒情诗深陷于个性之中，但正是由此而获得普遍性……抒情诗本身也热望从彻底的个性化赢得普遍性，但它特有的弱点在于，义务和真实的产物没有成为它的个性化原则。"不过，在1990年代诗歌的语境中，有必要进一步思虑："在'历史'与'语言'交汇的暧昧处，需要追问的是，'历史的个人化'是否意味着不去追问历史维度的可辨识程度，只让'历史'自在地、神秘地隐没于风格之中？""历史的个人化"铸就的历史与个人间的平衡木，也许会滑入惯性驱动的"空转"。

实际上，包括1990年代诗歌在内的整个新诗历史上，"个人写作"难以摆脱诗人骆一禾批评过的"原子式的个人主义"倾向。骆一禾认为，"原子式的个人主义、狭隘的审美主义、文人趣味，以及一般线性的文学史观念……都导致了当代精神生活的封闭和僵化，这构成了种种有形或无形的'围栏'"，且那"不是一种局部的现象"，而是"与文化现代性相伴生的一系列结构性问题，诗歌的局促只是整体文化困境的显现"。而要冲破种种"围栏"，或许需要借助美国社会学家米尔斯所说的"社会学想象力"，通过"理解历史和个人的生活历程，以及在社会中二者间的联系"，"探究个人在社会中，在他存在并具有自身特质的一定时代，他的社会与历史意义何在"，不断重置个人与社会、时代的关系。

三

在关于1990年代诗歌的叙述中，对于诗人郑敏，一般只会论及她的重要组诗《诗人与死》等诗作，却少有人将她的诗歌理论放在前面提到的诸多议题中进行讨论，虽然她在此际先后发表了《世纪末的回顾：汉语语言变革与中国新诗创作》《汉字与解构阅读》《中国诗歌的古典与现代》《语言观念必须革新》《解构思维与文化传统》等多篇论文，并产生过较大反响。作为跨越现代、当代两个时段的诗人，郑敏不同时期的诗歌写作各有特点，值得留意的是，她于1980年代中后期接受德里达解构主义理论和美国"后现代"诗启发后，进入1990年代后的诗歌写作出现了明显变化，同时以大量理论著述表达她对新诗、汉语、古典诗歌等的见解。在一定意义上，郑敏1990年代的诗作和诗论，堪称可以映照这一时期诗歌状态的一面"镜子"，引出了一些以往研究关注不够的话题。

比如郑敏发表于1993年的长文《世纪末的回顾：汉语语言变革与中国新诗创作》，其着眼点是新诗及语言，但所依傍的理论资源是德里达的解构主义和西方现代语言学，采用的话语方式也没有与当时的新诗理论界产生交叉，因而所获得的回应主要来自当时的思想文化界。有论者认为该文对"五四""文化激进主义"的批评并不公允，她本人也被归于1990年代中国"新保守主义"

之列。由此形成了颇显错位的情形：一篇未能汇入当时诗学话题讨论的新诗理论文章，在诗界之外激起的反响甚于诗界之内，这也从某个侧面折射出1990年代诗歌（特别是理论探讨）的封闭性。与此相似的是郑敏提出的新诗"汉语性"问题，她大声疾呼，"诗人们在下一个世纪需要做的是如何从几千年的母语中寻求现代汉语的生长素，促使我们早日有一种当代汉语诗歌语言，它必须能够承受高度浓缩和高强度的诗歌内容"，却应者寥寥。原因主要在于她的呼吁缺乏与1990年代诗歌情境的共振，也没有与当时的一些理论表述构成对话。在同样的所谓"语言学转向"的背景下，当她坚持鲜明的语言本位立场，将汉语作为一种文化载体发掘其深邃内蕴时，1990年代诗歌的语言论者主张的则是"语言的欢乐"；另一方面，她的倡议也不能对当时的诗歌写作产生实质性影响，她谈论的"汉语性"到了21世纪，才在宋琳、张枣等诗人的作品和言述中有所涉及。此外，郑敏围绕新诗的传统、新诗借鉴古典诗歌等议题做出的评析，也是很久以后才得到回应。

这些错位缘于1990年代诗歌理论旨趣的内部分野。当时的理论重心很大程度上受到了前述"身份""焦虑"的牵扯，提出并讨论的话题多少具有建构的性质，这造成的自我盲视和对其他话题的遮蔽是不难想见的，故而也无可避免地致使这时期诗歌在某些方面趋于狭隘。倘若将1990年代诗歌置于新诗诞生之初直至当下的历史进程中进行观察，就会发现其诸种狭隘性也许不是"局部"的，而是植根于进入"当代"以后的诗歌脉络中：

> 从新诗百年历程来看，中国当代诗歌（特别是最近四十年的诗歌）已经显示了与现代时期诗歌有别的主题意向、形式特征乃至写作意识。简而言之就是，不同于后者对"现代性"的探寻和展现，当代诗歌立足于当代的历史语境，呈现出某些可称之为"当代性"的质素。这种"当代性"有其自身的问题阈和书写逻辑，也许较之现代诗歌更为复杂，但也背负着"当代性"特有的焦虑与压力。从诗学方面来说，当代诗歌发展了现代诗歌的部分路向，却在开辟当代诸多命题、凸显其"当代性"的过程中，抽空了问题得以生发、延展的路径，过于强化某些单一的层面，从而窄化了自身的可能性的向度，因此难掩其局限与危机。

相对于已经"被美学化、经典化"（姜涛语）的现代诗歌，当代诗歌因看起来语言愈发娴熟，技巧愈发繁复，而在普遍的叙述中呈现出某种"进步的幻象"。但细究起来，当代诗歌实则走上了一条逐渐"窄化"的道路，那些娴熟的语言、繁复的技巧慢慢从与历史、现实的张力关系中抽离出来，在变得更加光滑、自如的同时，也失去了可以附着之物，陷入了"美学上的空转"。毋庸讳言，当代诗歌出现了英国文论家考德威尔在1930年代描述过的那种"把技术才能同社会功用对立起来"的情形，"在'技艺'的门槛与堡垒中，自我固化，妨碍诗歌与社会生活之间建立密切而可靠的关联"。

以1990年代诗歌理论与实践中均被神话化的"叙事"和"口语"为例（笔者在《杂语共生与未竟的转型：90年代诗歌》一文中已有剖析），这两个概念既延续了1980年代诗歌的某些习性，体现的是诗歌在时代处境变化之际寻求新的表达方式的两个侧面，但又极大地受制于1990年代的总体诗学情境及其背后趋于破碎的语言观和显得含混的历史观。事实上，1990年代诗歌中的"叙事"和"口语"在诗艺理路上是趋近的，因为二者都试图通过吸纳世俗化和日常性而更新词与物的联系，其中"叙事"是要从物中提炼抒情，"口语"则突出书写的及物性或直接性。然而，这些努力一旦蜕变为一种风格意义上的"标识"，诗歌中的词语变成了漂浮在现实上空的缀饰，它们各自的可能优势反会成为某种写作创新的羁绊和束缚诗艺拓展的套路。

就1990年代诗歌的文本构造而言，其中最有价值的部分其实并非"叙事"和"口语"，也不是"互文"和"反讽"，而是承接1940年代袁可嘉等人的观念和方法而来的"戏剧化"。同1940年代诗歌力求"将人生和艺术综合交错起来"（陈敬容语）一样，1990年代诗歌也在探寻着与驳杂时代相称的综合性和包容性，实现袁可嘉所说的"恰当而有效地传达最大量的经验活动"，而"戏剧化"是把"历史，记忆，智慧，宗教，对于现实的感觉思维，众生苦乐，个人爱憎""综合"起来的有益方式。虽然这种涵纳各种经验的书写方式容易走向芜杂拖沓的"叙事"和浮光掠影的"混杂"，但"戏剧化"并非要在文类上改变诗歌（使之成为诗剧），而是运用其所包含的戏剧元素拓展诗的表现力。例如于坚的长诗《0档案》在发表的当年（1994年）就被改编成戏剧在多地演出，一方面是源自其本身所蕴含的戏剧元素，另一方面则是由于"实验剧所追求的'动作'和'身体解放'，与《0档案》所追求的词语解放的不谋而合。他们共同抵制了传统的表演、导演、升华、抒情、整体性、生命的不在场等形而上的怪物"。西渡创作于1997年的《一个钟表匠人的记忆》,围绕"个人与历史之间的速度冲突",展现了一幕幕交织着社会历史、情感记忆和个人命运的戏剧性场景,因恰切地借用了"叙事"而显出"写史"的穿透力。

"戏剧化"也许能够重塑人们对于诗的认识,重新锻造被种种凌空蹈虚所消耗的活力。在1990年代,经过层出的"口号式"观念冲刷的诗歌,在时代的重压下开始变得破碎、琐屑,丧失了某种完整性;同时,随着整个社会文化创造力的减弱,诗歌的活力和创新能力也现出衰退之势,诗歌与社会文化的互动关系日趋松散、诗歌对于社会文化的参与意识和能力逐渐消退,诗歌的格局与空间慢慢地萎缩和变窄……这些"后遗症"被带到了21世纪的诗歌中,成为其积重难返的症结。

(选自《当代文坛》2022年第5期)

诗人与时间对峙·小夜曲

/ 莫敏妮

诗人与时间对峙

诗歌隐藏着神秘的气质，它如大海深不可测。更有说法，谓诗歌来自神明的派遣。不信，轻吟细品里尔克的诗句，他可是被认为拥有超感觉的最典型诗人。一天，里尔克爬到亚得里亚海悬崖上的城堡边散步，距离波涛约二百英尺，突然听到狂风怒吼中有声音在向他呼喊："谁会在天使的行列里听到我的呼喊？"他立马记下"神谕"，《杜伊诺哀歌：第一哀歌》开篇名句就这样诞生了。诗歌和宗教信仰在本质上是相同的，都能深入灵魂深处。在半知半解的艺术世界里，诗歌或委婉或豪迈，可以是玫瑰夜莺，也可以是刀剑火焰，散发出皎月或太阳一样的光亮，能渗透到那些低沉吟诵者的内心。

西方思想史最早可以追溯到古希腊时期，诗歌概同。荷马与萨福代表了古希腊诗歌的两极——集体叙事与个性抒情。公元前八世纪，荷马开创了西方以诗歌承载民族记忆的源远流长的史诗传统，关注国家根本利益和民族尊严。而欧洲文学"自我的建构"和"主体的虚构"则始于萨福，这一传统聚焦个人世界。在这两极中，我们可以清晰地看到萨福与荷马、个人与帝国的对峙。

"歌唱吧，女神！歌唱裴琉斯之子阿喀琉斯的愤怒。"

"请为我叙说，缪斯啊，那位机敏的英雄，在摧毁特洛伊的神圣城堡后又到处漂泊。"

荷马史诗《伊利亚特》和《奥德赛》分别以呼唤文艺女神缪斯的诗句开篇，希望得到诗人的灵感。在这两部著作中，诗人都是神谕者。他们吁请众神以歌唱来启发他们，使他们灵感充盈，去讲述那些拥有超人力量和勇气的人物的故事。说到底，诗人荷马歌颂的是战争中人的德性。这些诗歌传统，在事关诸神之道、诸神与人类世界的关系以及各种专属于战争中的人的德性的问题上，它们就是终极权威。也正是这些优良传统与品质，引导希腊人许多个世纪，扶助他们升至力量与伟大的巅峰。古希腊诗歌对古希腊哲学的影响不言而喻，写作《论崇高》的古希腊作家朗吉努斯认为：《荷马史诗》中的情节，甚至修辞手法，对柏拉图思想的形成有很大影响。如果柏拉图没有竭尽全力与荷马较量的话，那么他的哲学教义就不可能这样完美无缺。

"最高枝上的红苹果，是被采摘者遗忘了吗？不，他只是够不着而已。"
"我对你们，美丽的人啊，永不会变心。"

公元前六世纪，古希腊女诗人萨福走来了。人们恍若看见一位头戴桂冠，身披白袍，手抱七弦琴的缪斯。她低吟浅唱，一支接着一支晶莹的恋歌从嘴边飞出，绮丽不可忘也。萨福逐月光与流水、美与爱情、笑和泪水，以自己的才情与传说，征服了后世的柏拉图。理想主义者柏拉图对萨福盛赞如斯："人都说九个缪斯——你再数一数；请看第十位：莱斯博斯岛的萨福。"据说柏拉图去世后，人们在他的枕下发现萨福的残段诗篇。原来，大哲学家心中亦有多年情啊，他也像我们一样，把多少年激起的锦瑟埋藏于枕下。

为什么如此热爱诗人的柏拉图，在他的《理想国》中，用整个第10卷进行论证，何以将诗人逐出他的理想国？他以苏格拉底的名义，对诗人提出了部分控告，说诗人是糟糕的模仿者，将诗歌诉诸感情不诉诸理性，远离了真实的实在，远离了智慧。这是相当复杂的问题，事实上，除非你理解了《理想国》里的诗的背景，以及苏格拉底与诗的传统的长期较量，否则你就不能正确地理解《理想国》。这场争论的内核不仅关乎美学，也是政治的。它切中了问题的本质：谁最适合教育未来的公民和公共领袖？哲人和诗人，谁才是人类真正的立法者？对于柏拉图来说，诗歌已经被作为形式来定义了：一种将正确的模仿歪曲了的坏形式。

后世又怎么看待这种辩论，如何为诗歌辩护？毕竟柏拉图的《对话录》依然是当今世界最无价的珍宝之一。雪莱曾盛赞柏拉图，说《理想国》将严谨的逻辑推理和热情奔放的诗歌融为一体，用绚丽缤纷却不失圆润和谐的段落谱出一曲令人无法抗拒的美丽乐章。这种令人陶醉的哲学与诗歌、科学与艺术的结合也正是理解柏拉图的难点。其实，我们从文学批评的漫长历史当中随手找出一些篇章就可以看见，作者之间存在俄狄浦斯式的斗争实际再平常不过了。在文学批评理论中，我们看到布鲁姆所谓的诗人"与时间对峙"。他所指的是诗人想超越历史的力量、天才或权利，他们的部分斗争目标是获得不朽，明确地说，晚辈诗人想"青出于蓝而胜于蓝"，一往无前地超越前人。人类从竞赛中得到了不少益处，正如赫西俄德所说："对于凡人来说，这样较量一下是好的。"因为强大的前辈诗人早已写下了一切晚辈诗人所能写出的东西，这是不需要佐证的。正如《失乐园》中撒旦告诉堕落军团的："若非此时，不知有时。"如果不抓住现在昙花一现的机会，不知来日是否还有机会。这正是晚辈诗人一直力图说的话。

亚里士多德师从柏拉图，这是伟大的遇见。他在柏拉图阿卡德米学园安静的树荫下度过了八年，或者二十年。时光如流水悠然过，亚里士多德出于对哲学的热爱而反抗自己的精神之父，暗示智慧是不会随着前人的死亡而消亡的。他在撰写《诗学》的时候，非常有意识地反驳了柏拉图在《理想国》中提出的论点，认为诗人并不模仿现实，他们重构现实。换句话说，诗人的工作是对杂乱无章的现实进行组织，赋之以形式。

文艺复兴时期，伊丽莎白一世的诗人、朝臣菲利普·西德尼爵士创作了一篇高雅、华丽的文章《诗辩》，为诗歌做出精彩辩护。尽管他是柏拉图的狂热崇拜者，但是在诗歌辩护中，他必定对柏拉图提出的论证进行反驳。西德尼用引人瞩目的华美修辞发展了亚里士多德的形式概念，别出心裁地再一次证明了亚里士多德首先提出的反驳。他说"诗歌不肯定任何事，所以从来不说谎"，这既属于理论又属于批评。西德尼实际上把诗歌排在神学和其他科学之间的某个地方。也就是，在人们可以追求的使命中，诗歌不是最高等的。所以，他付之于行动。当在一场战斗中受到致命伤，知道自己快要离世后，他命人将他所有的诗稿烧掉。他毫不怀疑地相信诗歌低于一种更高的思想形式。

西德尼把更高的思想形式置于诗歌之上，在某种意义上，跟后来的康德不谋而合。尽管康德设想的并非神学，他的更高形式是由理性能力假设而存在于心中的道德律，即所谓"头顶的星空，心中的道德律"。康德在哲学上引发著名的"哥白尼式革命"的一个方面，就是对我们所具有的一种特殊能力的思考，这种被他称为"判断力"的特色能力调节着我们对事物的审美理解。到了浪漫主义时期，诗人雪莱明确回答了柏拉图在《理想国》中关于谁才是人类真正的立法者这个古老的问题，他掷地有声地抛出一句名言：诗人是未经公认的立法者。

诗人谈论的不是任何可以被证实或者证伪的东西，他们把自己限定在自己创造出来的世界中。这就是西德尼认为的"诗人在他自己智慧的黄道十二宫中自由地漫步"。诗歌开启意象之境，不管是苏格拉底产婆式的辩论，还是各个时期大师为诗歌所作的辩护，都不如一首生动的诗歌更为实际。我们再读萨福那些美丽的残诗片段，仍然会被2600年以前的诗歌所感动，它们遗世独立，它们不朽、融合。

"好似山风，摇撼一棵橡树，爱情摇撼我的心。"
"月夜星沉，午夜人寂，时光流转，而我独眠。"
"我以温柔相待的人，伤我最多。"

后世的研究者认为萨福是一个同性恋者。然而，她那时，分明爱的是一个挺拔如白杨的美男子。传说，她最终仿照神话中美男子尼柔斯的故事，来到卢卡斯岛，从岛上的白岩纵身跳入海中。残阳如血，无论怎样的结局，都可以治愈无望的爱情。久远的传说，读来却如此让人黯然。我们为情所困时，或许应该看看"神谕"的诗歌。与"时间对峙"的诗人，他们留给人间如此丰富多彩的诗作，让我们去解悟半可知半未知的命运，与自己和解。

小夜曲

文化包含了一种使人美好、高尚的东西——每个社会中被认为是最优秀的因素。一个人阅读但丁和莎士比亚，聆听贝多芬和舒伯特，是为了获取人类优秀的遗产，也为了了解自己、同胞、社会和传统中最美好的东西。在平静夜晚的深邃处，用我陶醉的灵魂轻声唱出《小夜曲》的柔软。世间最美的抒情恋歌中，不能没有舒伯特的《小夜曲》。

> 我的歌声穿过深夜，向你轻轻飘去，
> 在这幽静的小树林里，爱人我等待你；
> 皎洁的月光照耀大地，
> 树梢在耳语，树梢在耳语。
> 没有人来打扰我们，亲爱的，别畏惧，
> 亲爱的，别畏惧！
> 歌声也会使你感动，来吧，亲爱的！
> 愿你倾听我的歌声，带来幸福爱情，
> 带来幸福爱情，幸福爱情！

舒伯特《小夜曲》被誉为史上最美的小夜曲，它美在哪儿？小夜曲源自中世纪骑士恋曲和抒情恋歌，它必定是浪漫的。舒伯特的《小夜曲》首先有温暖，具穿透力，直达人心的最深处；其次有歌唱性，它特别适合歌唱。当繁星布满苍穹，就像夜莺在夜风中不倦唱歌。舒伯特不知从哪儿得到灵感，旋律与钢琴伴奏配合得如此天衣无缝，至精至简，至情至性。在音乐中，我们能体会到格鲁克所言的"质朴和真实是一切艺术作品的美的原则"。《小夜曲》穿林渡水而来，让我们恍惚游走在山林水舍之间，温柔以待任何你爱的人；它旋律的音色质感，传达出的天籁，早已超越了爱情范畴而臻至绝美之境。

19世纪初，即早期浪漫主义时期，大师云集，音乐充满激情、伤感、唯美以及铺天盖地的直觉。贝多芬、舒伯特、门德尔松、舒曼、肖邦、李斯特……他们无不心性如孩童，他们来过，他们又走了。这个时期小夜曲的创作，用了大量高度抒情的旋律，来表达对幸福的向往、对爱情的赞美。舒伯特《小夜曲》为《天鹅之歌》（D.957）第四首。这首《小夜曲》穿越时代，向我们倾诉，第一句"我的歌声穿过深夜,向你轻轻飘去"便显示了作曲家状物抒情的高超技艺。旋律笼罩在一层轻纱般的柔美中，伴奏声部以一连串和弦式的音乐进行，是模拟曼陀林伴奏的音型，用以衬托幽静深情的歌声。舒伯特之前的古典乐派作曲家喜爱将曼陀林视为一件小夜曲的伴奏乐器,比如莫扎特《唐璜》的第二幕"快到窗前来"。有一段时期，曼陀林消失了。之后在浪漫派与现代派作曲家的作品中，它又出现了，比如乔治·克拉姆的《时间与河流的回声》。它是一件安静的乐器，发出穿透心灵之音，让听者进入一个唯美的永恒之夜。

《小夜曲》是1828年舒伯特根据雷布斯塔布的诗谱成的。由于资料不详，我们对诗人雷布斯塔布了解不多，但在舒伯特时代，德语诗歌却是一个辉煌的时代。德国古典主义文学大约由1789年到1830年与浪漫主义相交错。此时的两位巨匠是歌德和席勒。歌德代表德国古典主义的始终，后起之秀是古典浪漫派诗歌先驱荷尔德林，而海涅被称为"德国古典文学的最后一位代表"。

我们先看歌德诗作："你知道柠檬花盛开的地方，香橙在叶荫里闪着金光，一缕熏风吹至蔚蓝的天空，番石榴寂静，桂树亭亭。"歌德《迷娘之歌》被许多后来者当作艺术灵感来源，或被谱成音乐。柠檬、香橙、番石榴、桂树，《迷娘之歌》中植物无拘无束地吸天地之灵气，蓬勃生长。

再看海涅在最后10余年"床褥墓穴"中的诗作："晚霞中飘溢这花儿的芳心，夜莺在歌唱，我寻觅一颗想我的一样美丽的心，一样美好地跳荡。"

诗歌充满着青春的热情和对爱情的渴望。对，这就是浪漫主义。所谓浪漫主义，它不是别的，就是中世纪文化的复活，这种文艺表现在中世纪的短歌、绘画和建筑物里，表现在艺术和生活之中。在诗人耀眼的光芒或是阴影下，音乐如何配合或突破文字的界限，两者达到最完美的融合？音乐史目睹了一个世间非比寻常的音乐家的命运，他的音乐见证了他艺术生涯的发展历程和精神世界的伟大邂逅。当天才舒伯特遇上浪漫诗歌，结果是伟大的艺术歌曲诞生。

舒伯特《小夜曲》自诞生起，被湮没许多年，直到舒伯特离世后的1829年，这首最美的"天鹅之歌"才被挖掘出来，使得世人长长久久地沉醉在它精细、注满感情的旋律中。生活的艰辛各不相同，就如那里离湖很近，这里离海不远，各有各的景致，都各有各的怅惘。舒伯特置身现实的不幸中，却以温情质朴之心，抒写浪漫主义灵感与直觉，描摹春天的爱情和冬天的旅程。他的《小夜曲》如吹过裙裾的清风，吹梦到远方。无尽的夜晚，多少次为不朽的旋律感动，多少次我在向你祈祷！春夜，花园开满花，是恋人永恒的回忆。夏夜，凉露遍布，有闲情又有逸致，一切景语皆情语。秋夜，月色迷人，草木如织花香如蜜，植物发出最浓烈的气味。寒冷的冬夜，大雪纷飞，挥之不去的惆怅。无论多少时光过去，我们都对美好的事物、诗意的瞬间有着永恒的思念和向往。

小夜曲源自中世纪骑士恋歌和抒情诗，见证了漫长的音乐发展历程，同时也唤起了我们的爱情印记。古时候，为了见恋人一面，可以在夜晚翻山越岭，所以有"葛草的花，古代的恋超越山河"。我们这个时代，到哪儿还能找到在窗前为自己弹琴歌唱的男人？更多时候，那些往日时光一去不复返，远人一水隔天涯。我们随波逐流苟且营生，但隐秘的内心并没有忘记那些曾经属于我们的耳语。《恋爱中的维多利亚》是我近期看得最舒服的一部电影，大概在几年前也看过。电影讲述了维多利亚女王的青年时代，从1836年她登基前一年开始到1840年和阿尔伯特亲王结婚为止。维多利亚女王喜爱歌剧，多尼采蒂的《拉美莫尔的露琪亚》、贝里尼的《诺尔玛》和《清教徒》都是她经常阅读与观看的作品。我想，她应该还喜爱《凯普莱特与蒙泰古》，这部作品里有最美丽与哀愁的浪漫曲。而德国人阿尔伯特王子喜爱舒伯特，《小夜曲》弹得真挚感人，"我弹奏的是我喜欢的舒伯特，这是他的《天鹅之歌》，我在心里和你一起演奏"，这位痴情又才华横溢的王子尽力引导恋人全方位去感受音乐的魅力。

  浪漫主义时期杰出音乐家，他们来过，他们又走了。享乐世界的尽头、爱欲的果实，无非皆是死亡。死是对于美丽事物的拯救。所有的空间和时间，在歌声前全都烟消云散。爱心所至，就是爱心的奉献。他们的音乐留给我们无尽遐想。"诗意"与"才华"这些看上去虚无缥缈的词，或许是最神奇的，它是生命中不会衰朽的那一部分。"幽香迷人玫瑰花一样的静夜，繁星倒影于心无法描摹，如波涟漪，小夜曲唯有夜莺般不倦地歌唱。最是人间留不住，舒伯特海量的作品跟31岁的短暂人生极其不相称，长歌当哭般的人生悲歌，却有大量清澈美妙的喜悦旋律，爱因此缓缓绽放，永不凋零。"看这一段当初自己凝着泪水写就的文字，如今也是无言哽咽。我们经历了很多，但人性的温暖胜过冬日暖阳。

  "我会想起夏日的玫瑰花园、黎明时分的鸟语、栗树下的茶点，以及草坪坡下传来的阵阵涛声。我还会想起盛开的紫丁香以及幸福谷。这些景象是永恒的，不会随风飘散。"爱情、亲情和友情，我们都曾有这样的此刻。从今往后，我们仍要怀抱每一个宁静清幽的夜晚，一墙窗景，一本书，一首音乐，炉边炖着肉汤，用诗书之乐安放精神与人间烟火气生活。我们世俗主义下的人类灵魂，必须不屈不挠，也必须眼中有光，温暖自己，照亮他人。

（选自微信公众号"古典音乐"）

季度观察

杂物时代：诗的分岔、多孔、褶皱与梦幻者视角
——2022年秋季诗坛观察
/ 钱文亮　黄艺兰

随着推特、微信、人工智能、元宇宙等信息科技的不断发展和整一性神话的被打破，人们当下的生活日益被缝隙、草图、碎片等杂乱、微小之物所充塞。据此而观，本季度青年诗人臧海英的《论杂物》一诗或可视为当代人精神空间的绝妙隐喻：恋爱中的"废话"、化学反应中的"杂质"、房间内的"杂物"、脑海中的"杂念"……愈来愈多看似无用之杂物时刻浮现于我们的视野，诗歌文本中有关岔路、多孔、褶皱和幻梦的书写也愈益频繁，表征着一个新的时代的纷杂多歧。

一

标准科学地图的出现大致与现代科学的兴起同步，其中心逻辑便是通过建立一套抽象的立体几何坐标，使任何游荡的个人或物体都能在一个空间整体中迅速得到自己准确的定位，并被轻松纳入"网格化"的管理系统。然而，当我们身居其中的世界被大肆压缩为简单的数据的时候，生活中丰富感性的细节与经验便会极大地被遗漏，正如刘泽球的诗作《地图册》中所言，"那些地图告诉我旅行的曲线"。地图上的点线从来都不仅仅是地理意义上的符号，更代表着回忆、想象力和未知空白。在近期的一篇名为《漫游的容器》的随笔中，胡桑整理回顾了近年有关街头漫步的诗歌，并在此基础上勾勒出了一幅细密温情的"街道地图"，以重新辨认自己过往的生活细节。王学芯的组诗《城市记录》中，

街道上被观看的对象不断"流动""闪现""疾走",构成一个流动、破碎、迷乱、零散、无序的"万物缠绕的城市",身为"观看者"的诗人却始终保持着一种缓慢的姿态,随心所欲地观察路边的风景。诗人不仅是城市街头的漫游者,同时也是都市生活的批判者,他采撷着往往为人们所忽视的边缘经验,对高空作业的钢筋工人、即将被取缔的老城区、麻木的公交车乘客投去带有批判意味的一瞥,由此发现都市中所深藏的愉悦与危险。正如诗人所指出的那样,城市并非是"一张概视图"所能覆盖的,地图既记载着过去也预示着未来,"每一个地址／每条路　每个方向青石板酒幡和店铺／或织布机染织　钱庄米行／仿佛尽是城市的思想／行道树的嫩枝"。

部分诗人在赋予诗歌主体以步行者、漫游者的身份的同时,亦采取了大量"分岔"的文本实验,在平淡无奇的人生旅程上抓拍无数的岔口、歧路和意外,不断往深处开掘城市的奥秘。在梁鸿鹰的《调试》中,诗歌主体从容地在小街的"分岔大道"上漫游,风景层层堆叠、互相交织,将冰冷扁平的二维地图转化为生动鲜活的真实图景。小安则以垂直性天空的幻想克服平面化的城市与生活,在其诗歌《房顶》中,诗人对海拔高处的房顶产生了探索和漫游的欲望:"我想上房顶去看看具体情况",看看这座城市"平坦不平坦,歪斜／淌水　涓涓／长了杂草根须"的不为人知的另一面。另一首诗《蜘蛛和蜘蛛网》则为我们绘制了一幅错综复杂的蜘蛛网络地图,它既是一幅经由打散后又重新拼贴组织而成的非理性地图,也是一处无数奇遇可能在其中上演的异质性空间。隐喻中的地图漫游既是追溯记忆之旅,但也充满未知的盲点与危途,需要想象力的探索和处理。朱涛的《记忆清单》一诗就逐一"列出痛苦",返回自身灵魂深处清理记忆,将此作为"解除旅途的危险"且"重返白日梦"的一种另类策略。如果借用何小竹近期对路雅婷《龙凤木的夏天》一诗的评论的话,那就是这类诗歌系统并非封闭和自我循环的,而是不断偏移或分岔,向着陌生地带探寻。这些诗歌中的地图是具有无限灵活性的深度地图(deep map),一切地理线路都尚处于不确定、不成型的状态,充满了小路和分岔。

地图漫游总会遭遇歧路重重,不少诗人在其诗歌中以布满分岔小径的"花园"意象呼应了博尔赫斯对于时间、空间和世界的诗性思考。森子的《在钟书阁讲座——给智啊威》一诗就巧妙地借用了博尔赫斯的小说名"阿莱夫"和"小径分岔的花园"。阿莱夫(א)是希伯来文的首个字母,代表无穷数、无限的集合，具有超越时空极限的潜能，花园中分岔的小径亦意味着由相互靠拢、分歧、交错或永远不干扰的时间织成的网络，包含着无限的可能性。在诗歌中，诗人设置了一面能够"左后方和右后方同时／看到我"的神奇的"后视镜"，以此提供一种镜镜相映的观看世界的多重视角，把读者引入他歧路丛生的镜像迷宫。而在书籍的装帧线中不断蠕动的"书虫"，既如在诗歌阅读过程中不断走入分岔镜像的读者，又如上海钟书阁中的藏书本身令人眼花缭乱。在另一首诗歌《肥西的露珠》中，森子又借用"露珠的反射"，在很短的诗歌内制造出了多棱面的折射：来往的足迹、自身的苍白、没有对象的相爱，将梦境般的碎片来来回回照了个遍，重重叠叠而又丝毫不乱。黄礼孩的《平行花园》一诗亦以"花园"为主题，诗人在一所倒映着现实世界的镜像花园中游荡，诗歌内部的时间则在此时此刻和童年记忆间不断往复回溯，一旦分心便会走入岔路。这座微缩的"平行花园"为诗人提供着主体及主体周边的环境、体系、时空的联动关系，使得诗人能够暂时超脱于日常生活的异托邦世界，是一所"随身携带的花园，装在袖珍的宇宙"。宗昊的《更多的细节》一诗同样注目于自身"诗歌花园"的构建，通过对自然界中如昙花一现、蝴蝶产卵等"微事件"的观察，发现"寂静的花园里，存在着诸多的奇迹"。这些"奇迹"即"惊心动魄的瞬间"，即生活的"细节"，意味着超越现实世界之外的多种可能性。此外还有义海的《雨后的花园里……》一诗，由雨后花园中盛开的蓝色小花联想到了象征主义诗人马拉美的诗歌，充满了唯美的气息；西渡则写下了《花园变形记》，调动古希腊神话奥德修纪的传统资源，以此提醒我们看似美好的花园中潜藏着的危险。

除了在花园的分岔小径中漫游或冒险，本季度的另一批诗歌还将其步履延伸向文学世界，使得现实的地理版图和虚构的文学地图在其诗歌中彼此交互，绘制出了具有更多维度的立体地图。正如文化地理学家迈克·克朗所指出的那样，"文学作品不能被视为地理景观的简单描述，许多时候是文学作品帮助塑造了这些景观"，当地理进入诗歌书写的同时，诗歌也在反向改造着现实生活中的风景。何小竹的《菖蒲塘札记》一诗视角颇为独特，诗歌虽是描写一段旅程，但以阅读书目为足迹的刻度，在看似散漫的叙述中，将《长日留痕》《魔山》《克拉拉和太阳》《远山淡影》等书目的阅读经验如时间刻度般牢牢烙印在旅行过程的每一重要节点上，彼此联结、相映生辉。其目的在于在文字之旅与现实之旅的相互转化中，修复并保存自身的记忆："若干年后，你／还有我／都能在这些诗中寻找到曾经的／一些蛛丝马迹"。汪漫的《在贵州,夜读海德格尔》一诗中,诗人在通过手机地图辨认自身地理位置的同时,也通过阅读德国古典哲学家的著作来辨认自我的精神位置。但诗人的目的并非以阅读铭记足迹,而是让"行万里路"和"读万卷书"两者捉对厮杀,在不断辨析自我的过程中寻找隐藏的真理。诗人既是在俗世生活的群星与烟火中真切体验"真理",同时也对"真理"中"软弱的部分"保持警惕,避免自身陷入虚无和冰冷,而希望达成一种感性和理性的平衡,这或许正是海德格尔所谓的"诗意的栖居"的本意所在。

在城市漫游之外,近年来书写边地之旅的诗歌亦大量涌现,在均质化的城市化之外的地方空间经验与知识成为具有积极参照意义的审美主题和价值来源。如果说对于诗人北岛而言,"边境"意味着荒凉和绝望,"边境下没有希望"(北岛《边境》),那么现如今的边地书写则带有强烈的抒情气质,寄存了诗人们营造人性的希腊小庙的希望。《星星诗刊》的传统栏目"山河志"收集刊发了不少此类诗歌,如耳口的《海拉尔》、温馨的《一个人坐在山野里》和胡仁泽的《时间客店》等。单永珍的《可可西里》《贡日布神山》《格尔木之侧》等诗描绘了"一种深埋的孤独",以此将外部世界的探索转化为具有独异性的精神自传的书写。诗人孙树恒的《锡林郭勒的夜》抓住了夜晚降临的瞬间时刻,勾勒出山峰模糊的轮廓及阴影,将景物裹在一种庄严的氛围之中,让人顿生虔诚的敬畏和愉快的忧郁。此外散见于其他诗刊的诗歌,如李哲夫的《寂色》、吴振的组诗《我安静地向边境走去》、牧风的组诗《甘南:独吟者》、子非花的长诗《途景》、王若冰的组诗《西部景物记》等,都是在边境行走的过程中写下的诗歌。诗人与界碑、河流、榕树、高原、花朵为伍,在体验世界上所有独异事物的旅程中,完成自己的本真化经历。而青海诗人杨廷成的《高地的颂辞》,则以大开大合的笔触礼赞高原腹地的大湖、大河、大山和边民、植物等,将自我的边界扩展到更高更远的世界。阿信的《落日研究》更是立足于边地特殊的风物、习俗及其个人体验,不断挖掘着具有时代感的存在主题。不过,宁夏诗人敕勒川的组诗《有人从火焰中取出黄金》却基本放弃了西部风土新异的诗意凭借,只是以生活中常见而又特别的算卦盲人、修表老人、水井和烟花等为叙写对象,在行到沧桑的心境中,对日常生活进行写意式的描绘与审美,诗中时时闪现禅悟与机锋,诗风圆融而整全,反倒成就了西部特有的浑厚与朴野气质:

>有人从火焰中取出灰烬
>有人从火焰中取出黄金
>而我，从火焰中取出
>冒着热气的土豆，这黑不溜秋的东西
>又沙又甜，像一个初吻，又像
>一小块被人遗忘了的古老的大地
>——《火焰》

如果说对于游览名山的行者而言，登上顶峰常常是他们潜意识里的深层渴望，那么王单单的《登梁王山顶峰》一诗则反其道而行之：在人们追求更高更远的时候，诗人却要在距离顶峰一米的距离停下脚步，把这个最高的地方空出来让给神灵。正是在"止步于此"的瞬间中，诗意得以产生。罗振亚的《China 土豆》一诗同样别出心裁，其远游的行为主体不再是"人"，而是一只被摆放在日本名古屋货架上的黑龙江土豆。诗人通过描绘一只家乡的土豆在全球化、商品化语境中的特殊"远游"，寄托了自身独特的离散经验和思乡之愁。汪益民的《母亲最后一次远游》一诗从标题来看是一首旅行诗，但实际上书写的却是陪生病的母亲下床去病房外坐坐。诗作将极近极短的位移描写成一段壮烈宏伟的"远游"，母亲在病痛中仍然保有的尊严，以及儿子隐而不发的感伤情绪，皆通过诗人朴素而不失巧思的抒写得以展示，具有一种来自伦理生活的情感，继承了温柔敦厚的诗教观，简单质朴却又令人感动。

二

除了于分岔小径中漫游踱步之外，从某种意义上说，诗歌亦是开凿"孔洞"的一门艺术。本雅明曾以"多孔性"（Pors）来论述缭乱的城市风貌："如同这些脉岩，建筑也处于多孔状态。无论庭院里、拱廊中，还是楼梯上，建筑物与人们的行动彼此交融。人们到处维护着活动空间，以便留出场地，提供给新颖且不可预见的景观。"本季度的部分诗歌通过运用"孔洞"意象或结构，为我们贡献了新颖的空间书写。曲近的组诗《药之善》无论是在结构上还是语言上，都体现出了较高的把控能力，其中一个突出特征就是对于"孔洞"意象的运用。以传统的中药铺子作为诗歌的空间主体，一格格小小的抽屉如孔洞般穿透了空间的实体，使空间被形塑为新颖且不可预见的诗歌景观。与之类似的，还有皮旦的短诗《光》。诗歌分为四段，每段五行，颇有建筑形式的整饬之美：诗人将其目光刺入"废品回收站"这一通常不会进入诗歌书写的边缘空间的内部，借助层层堆积的废品，构造了一个严密却又多孔的堡垒，以容纳自身如迷宫般复杂的个人记忆。在此"多孔之山"的顶端，诗人设置了两盏马灯，闪烁着启示性的光芒。无论是密密麻麻的中药柜，还是废品站里的纸壳山，都因其充满孔隙却又不常为人所注意的特性，而具有了一种易于引发诗人和读者探索欲望的未知之力；同时经由诗人的书写和改造，其自身亦成为多重阐释、意义所穿透的微缩空间。

　　黄昏是诗歌写作中常见的一个题材。如果说白昼是一种理性的织物，夜间为非理性的狂欢提供舞台，那么处于两者之间的黄昏，则是一个相对地游离于历史的片刻，具有多孔性的特质。本季度的诗人在表现黄昏这一时间形式时争奇斗艳，诸多诗歌选择将"黄昏"放置于"水下"这一充满未知的空间中，其所支撑起的诗歌空间充溢着哲学之思，拓展了黄昏诗学的审美空间。草树的《黄昏》一共只有短短三节，第一节从茶马古道群山脚下两个路过的孩子写起，他们按节奏摆动的双手带有一种催眠术式的蛊惑性氛围，将我们引入一个通灵的空间；第二节诗人召唤出自身的童年回忆，以旁观者的视角观看童年时期的自己险些溺水的经历；第三节时诗歌时间突然又转回现下，在刚才瞬间的回溯中，沉入水中的诗人仿佛此时此刻才终于爬出水面，而带有启示性和神秘性的两个孩子也已经走远。与其说是一场时空旅行，不如说是人类学家根特所谓的水下的通过仪式，在这场仪式中，诗人下沉到潜意识深处，回顾儿时的创伤性记忆，寻找自我分裂的瞬间，并最终在浮出水面后，与现下的自我融合为一体。陆辉艳的《薄暮》一诗则是在黄昏时刻静静注视河面，观看"我"与"我的影子"分裂成两个彼此疏离的灵魂，并相互打量，由此产生一种弗洛伊德式的怪熟感（uncanny），也即尽管主体身处某种十分熟悉的场景中，但仿佛突然惊醒般意识到一种令人恐惧的陌生感。在诗歌的最后一节，诗人安排了一阵突如其来的鸟鸣声，打断恐怖气氛的持续蔓延，在大自然的帮助下重新"魂归原处"，消解了萦绕在其内心深处的恐惧情绪。草树与陆辉艳的这两首诗有着异曲同工之处,即皆是在河水和黄昏的合力下,创造出一种中断和抽离,以完成沉思乃至蜕变。此外,刁利欣的《暮色临近时》同样书写在黄昏时刻,通过临水静观所体悟到的生命舒展,"在一面大河镜子般的反光里,我看到／慢慢进入重新孕育的饱满的树冠";姚辉的《大雪》则是描写黄昏时分的"反射",不断反射的光线与自身过往的诸多经历彼此关照映射,以此"从四散的雪光中缓缓掏出／第一抹被反复冻结的暮色"。

与之相应的,诗歌语言也同样具有本雅明所谓的多孔性的特质,也即将意义转换、类比、投射并生成的创造力,能够给读者打开想象力的契机,从而形成新的知识与理解。李元胜本季度创作的诸多诗作皆是有关语词和写作的游戏,致力于发现"奶油味的词""化过妆的词""花园的词""荒野的词""没被抚摸过的词""尚未燃烧的词"(《我偏爱的词构成了你》),挖掘密封于词语内部的生命力,并嬉戏般地以轻盈的姿态超越它们,由此产生了如"把从你眼睛取出的石头,放在我的窗台上"(《风景》)这样的句子。"总有些词,无法隐身于文字的沉默队列／它们扑向空中,像风筝,用线拉着同类升起"(《少数花园咖啡馆》),诗人所要做的正是俯身打捞这些特别的文字,并连点成线,串联成诗句。章雪霏的诗作中存在诸多如连通器一样的多孔式词语和词句,在组诗《解码》中,诗人对异质性词语不断编码,解码,再编码,"摁动词语快门,将它清晰留存"。诗人通过安排远距离词语的相遇,形成新的审美效果,例如"人造瓢虫的圆斑""光板豹子的形态""音符垂坠的果实",这样的词组在其诗歌中俯拾皆是,消除惯常词语组合或熟悉意象所带来的阅读的麻木感,刺激起新的感受力,重建新的审美趣味与标准。其努力正如诗之梦人在其《白马》一诗中所描述的那样,在脑海中调动出一匹诗歌的白马,让它"牵扯着风的语言,缰绳捆绑的逻辑学"。

诗歌中持续而丰富的多孔式语言并不仅仅是一种游戏或是一种语词搭配的多样性,它还同时影响到了诗歌视角的转化和视觉感受的更新。刘义的《沙漏集》一诗,诗人通过沙漏的玻璃凝视沙子的流动:"白色的涡流在塌陷,像这个暂时稳定的世界"——当诗歌主体透过沙漏观察世界之时,猛然发现周遭的一切都正在一种无声的流泻中减少。诗人透过沙漏的玻璃,引导读者在一个至为具体、至为特殊的时空层次上观察物像,在营构出诗歌内部动／静之间张力的同时,也加大了全诗的思想容量,一首诗由此成为一个洞鉴的揭示行为:瞬间被文字留住，凝固而又流动。当人们企图以诗歌和艺术的形式留住生活中的吉光片羽的时候，诗人深刻地明白静止只是一种暂时的状态：静止下来的沙漏亦随时会被翻转，新的流动和变化随之开启。刘迎雨的《望远镜里的无名礁石》一诗则是隔着镜片凝视海中孤立的礁石，通过镜片将世界的表象变形扭曲，改造成各种迷人且复杂的存在空间。苏奇飞的组诗《工地的下午之歌》，通过"望远镜"这一视觉仪器将世界呈现，亦可视为所谓技术化观视的一种。谷禾在其组诗《无限集》中则站在另一个角度，批判了已经沦落为普遍化、日常化的商品的"望远镜"，我们透过它无法看到世界的丰富性、残酷性和秘密性，也即"血与火迸溅，成败的秘密隧道"，只能看到一个失去象征的、庸俗的世界，也即"被放大的城市和原野，窗帘被焦距拉开／大地排闼而来，不同个体的生活成为庸常"。诗歌以此提醒我们需要以奥秘之眼打开另一个世界，才能看到"老虎打盹，狮子念经礼佛，勤劳的蜜蜂"等迷人的玄妙景象。

三

在《福柯》一书中，德勒兹写下了"一个仅仅只是域外褶皱的内在，有如船只是大海的褶皱"这样的句子，以层层累累的"褶皱"来处理域外、内在与自我主体化的问题。如果说"多孔"意味着空间的穿透与增殖，那么"褶皱"则是在一种更为隐秘的折叠中，玩弄着有关空间的戏法。有着哲学和西方文论背景的海南青年诗人李万盛，在《水巷口之褶子》一诗中化用了德勒兹的"褶皱理论"，将其与中国南方港口海浪的波纹相比较，并以本土生活的真实性与在地性解构了西方理论的复杂与隔膜："德勒兹的褶子装着宇宙的原始动力／我们是不同的，德勒兹的褶子是热带气候／孕育台风、热浪和肉体的腐败／水巷口的褶子仅是皱纹对着某人额头的一阵叹息"。除了此"哲学褶皱"之外，本季度的诗坛还涌现了一批书写"生活褶皱"和"自我褶皱"，以及"褶皱"在中国乡土语境中的在地翻新的诗歌，为我们提供了丰富的"褶皱诗学"景观。

当"褶皱"被解释为日常生活细节经验的合集时，展开"褶皱"便意味着深入到凡俗百姓日常生活的肌理内部。袁绍珊的《散步》一诗通过捕捉荷花、芦苇、铃铛等寻常事物的细微变化，逐渐打开生活如裙摆般的层层皱褶，由此发现每一个"衣服的皱褶都有故事"，为我们演示了如何在"散步"这一日常性行为中练习感受生活的能力。正如敬丹樱在其《擦拭》一诗中所写的那样,"我们埋头擦拭／直到事物呈现善的光芒","擦拭"即一种将被掩盖的细小之美重新发掘的过程。她的《刃口》一诗记叙了诗人在翻阅图书的过程中,被看似柔软实则锋利的书页边缘划破手指一事。诗人精准地操控着诗歌气息,在一种舒缓、柔软且克制的语调中陡然插入危险的因子。书页柔软的触感与猝不及防带来的尖锐伤害,作为看似毫不相干的一体两面,却在书页边缘不断翻转的过程中不断层叠,使极其日常的诗歌主题呈现出深刻性和复杂性。胡亮的《魔术师》一诗则专注于表演"拆分"的戏法,故意制造分岔,又乐此不疲地将其叠加。诗歌主体不厌其烦地拆分葡萄园、葡萄,乃至葡萄上的露珠,"在更慢里求得／最慢""在两匹砖的细缝里发掘出／一吨享乐主义""把／尝到甜头的一个下午拆分成今生今世"。在方寸之地和狭窄褶皱中不断"细分",以此发掘并提炼平淡生活中的吉光片羽。这批诗歌的共性便是在日常生活中不断练习各种"魔术"技巧,诗人们如同魔术师一般,在超越当代都市枯燥的生存现实的同时,不仅构造了有关"主体"的丰满表述,而且以灵动、多变的诗歌技法提供了进一步打开生活之幽微褶皱的可能。

"褶皱"亦可形成一种贴合于当代人情绪感知的特殊空间形态。潘玉渠的组诗《一只猫跃上窗台》注目于日常生活中随处可见的小场景,或沙发上,或吊灯下,或窗台旁……其中《蓝色沙发里的人》一诗将蓝色沙发比作大海,用以安置柔软而荡漾的私人状态。组诗中反复出现对卧于"沙发"上这一状态的书写,以及水母、尾鳍、潮水、鲸鱼等,映照出一处"浮岛式情境":所谓整一丰满且完整的"自我"形象,事实上犹如一个浮岛上的幻影,是一个浮动的、破碎的,同时身置多处的主体。西娃的诗歌《那一不留神就消失的……》,同样营构起了"属于自己的房间",通过打碎并重新组织房间内绿植、家具和白炽灯的摆放位置与形态构造,将本已熟识的空间重新陌生化乃至神秘化。这样一种有关浮动的体验同样见于李昌海的《浮岛》一诗,此诗描写了蜻蜓悬停于水面之上的情景,扇动翅膀以平衡风暴,短短七行诗中始终保持一种精微的平衡状态,并于最后一句"水域辽阔"中将镜头拉远,使情绪放大、扩展诗境。余述斌的《一地影子》以影子为切入点,试图把捉如"黑色的面具"般的影子在灯光下消失的瞬间,如孤岛般瞬时涌现的荒芜感等私人性瞬间,诗歌语言精确、客观、硬朗而具体。擅长在酒醉状态下书写诗篇的李海洲,本季度亦写下了"潜泳的锦鲤在夜色中／天还没亮,钻石般的褶皱不为人知"(《观甘庭俭木刻寄鄢家发先生》)这样的诗句,将液体形态的"褶皱"与波浪的层叠相联系,呈现出一种物与物之间的缠绕与灵韵。

若说前三类诗歌分别是从"哲理的褶皱""生活的褶皱"和"自我的褶皱"来切入诗歌的话,那么津渡的《裁缝》一诗,或可视为"褶皱诗学"在中国语境中的一种在地化展演与翻新。诗歌中的"我"怀疑上门制衣的老裁缝"贪污"了多余的布料给自己缝制衣物,母亲知道后严肃地教育了"我"。最终当老裁缝完工后,将整理好的、成捆的碎布放在桌上时,"我"对他的误会被彻底打消。尽管老裁缝残疾、贫穷,但正是凭借这份手艺的娴熟和道德上的问心无愧,以及乡土社会中人与人之间的信任,老裁缝取得了生活的尊严。诗歌中,类似"裁切下来的布片／无一例外地光滑、平整／被均匀、细密的线脚缝合／最终缝制成,莹光流转的新衣"这样的诗句,俯拾即是。从布料到缝纫机到裁缝师傅的身体,以褶皱的方式层层展开,呈现出人性与生活内部丰富的变化和肌理。无论是童年时期的小心思与误会,还是成年后的释然和懂得,皆被纳入其中。而这样一种展演并非是理论化的,而是沁进了乡村的温情,以及人与人之间彼此信任的美好伦理。此外,夏杰的短诗《编织》描写了母亲在阳光下编织蓝色毛衣这一简单且日常的场景,却以"蓝色在她怀中／柔软地浮动"这样的句子,写尽了母女关系的温情和自然;苏若兮的组诗《呈现》则描绘了抒情对象额头眼角的皱纹,而这些肉身的褶皱正是时间流淌过我们生命的直接证明。在无穷无尽的褶皱中,人与人之间"亲密的重复"(沈耳《亲密的重复》)徐徐展开。

四

对于个体生命及其内在世界的关注往往以梦想的形式出现。现代诗人如卞之琳、何其芳、戴望舒等人的诗歌皆具有强烈的梦幻气息。在卞之琳的诗歌《距离的组织》中,"忽有罗马灭亡星出现在报上"一句中的"罗马灭亡星"看似突兀,却顿时从时间和空间两个维度,将诗歌与现实生活拉开了一段玄妙的距离。当代新诗在延续"梦幻者"的视角的同时,也热衷于天文学概念的使用,如朱朱、钟鸣等人的诗歌,都曾以"星球"作为结构梦境的中心,具有一种兼容科学理性魅力和宇宙性的浪漫主义的独特风格。冯晏的《见到悬空寺》一诗也创造性使用精确具体的数字和力学概念，并将之与宇宙、星球等语汇组合，由此制造出一种理性与非理性并存的新奇宏伟感，契合了史诗的脉络。如"40间殿的每一个醒目部位都有细雕／都有被嵌在北岳恒山90度直角上树林的手／抓住一千多年不放。力学原理抓住了／岩石和支点，悬浮和凸凹抓住了天和地"，又如"小宇宙的自由态向外辐射"等。吉狄马加的《应许之地》可视为对巴赫金声称长篇小说乃"众声喧哗"这一理论的诗歌变奏，在各种神话学、民俗学、人类学的洪流里，穿插异质性的现代事物，为彝族的过去、现在与未来赋形。而这"应许之地"，正是"隐匿于宇宙另一个维度，／它并非现实的存在，对应于时间之河的／未知的没有名字的抽象的疆域"。西渡在打造中国城市诗学的过程中，将异国城市意象移至新诗语境中，如《三世西湖》一诗将苏小小与普拉斯的爱丽尔彼此联结，在看似"不伦不类"的混搭下，诉说了女性命运的前世今生。诗中创造性借用了吉狄马加的"裂开的星球"一词，为诗歌增加了一种宇宙性的梦幻感："他俩互看像两座／遥远的星球，缓慢地靠近"（《贺新郎》），"在一个裂开的星球，我是针／也是线，以最尖锐的头脑／和最柔软的心缝补世界的褴褛"（《杜甫在安史乱中》）——以星球的旋转相遇与分离来为个体与个体之间的缠绕赋形。此外如谈雅丽的《独自前往银河系》等诗，皆可视为借助天文学用语将世界重新魅化的一种尝试。青年诗人宗昊选择将大海、星空与风等自然意象放置于其诗歌梦境的中心地带，并以"虚构"为其创作梦幻诗歌的中心，他的《从大海开始虚构》一诗以大海为创造梦境的起始，在梦中撒出渔网，打捞闪光的碎片，从海风想到梨花，又想到白马，在这无穷无尽、不断展开蔓延的虚构之中，生活的空白顿时闪现，给异乡人提供了做梦的舞台。

另一批梦幻者致力于通过对"气"的书写，以打造独特的中国式梦幻，具有洒脱迷人的仙侠气质。孙文波的诗歌《二十一楼》以其在海南的高层新居为诗歌内部的地理坐标，尽管书写日常生活，却兼具魏晋南北朝时期"游仙诗"的缥缈与唐朝时期"登高诗"的恢宏。整首诗歌可以说是一首有关"气"的生成的诗歌，和风、水、云等自然景物彼此感知，呈现出一派庄严恢宏的法相："必须向外部世界投射审视的目光，／扩散或穿越，向南更向南"，在那里正有一个"巨大的风场"在缓慢形成。无论是"广阔的静，月亮就像一张脸浮现，／在可以抚摸的上方"，还是"深绿色。直到地平线。起伏的，／只是其中蔚蓝的湖泊"，孙文波的诗句都具有一种饱满、庄严且不失灵动与直觉的气韵。青年诗人李尤台的《阡陌》一诗十分短小精炼，为我们描述的场景也十分简单，即采药人采集中药、熬制中药的过程，但呈现出视觉、嗅觉、听觉等极为丰富的感觉层次。开头一句"有一种声音微茫却很深地捣进／渺渺弥漫的水汽，而水汽静静地刮着"，尽管只写了细小的声音和缥缈的水汽，但已间接勾勒出采药人在山中摸索"捣进"的身影，营造出近似于武侠小说的场景和氛围。紧接着诗人通过牡丹皮、地骨皮、苦楝皮、黄柏、厚朴、杜仲等中药名字的罗列，告诉我们采药人正位于一座南方的深山。随后，诗人把采来的中药描述为"农民毕生从这儿拔起的闪电"。"拔起的闪电"这一短语既描述出了植物根茎的形态，也写出了采药人手势之迅疾、精准而不落俗套。诗人随后又把熬制中药的过程写成："霎时／是同根生而现在一团糊涂的它们熬碎在／这青灰色砂锅里。"尽管文字节奏稍显混乱，但并不妨碍我们对于诗意以及其中新意的理解。最后，诗歌在煎煮中药的灶台发出的呜咽声中结束，以缭绕不绝的气味和声响构建起一种独特的中国式神秘氛围。除此之外，沈苇的江南系列诗外围同样萦绕着一层巫术式的蛊惑面纱。《断桥夜谭》《剃度记》和《寻访干宝》等诗融张岱、苏小小、白蛇传等历史掌故，以及《搜神记》《聊斋志异》等古代传奇笔记与自身的现实体验为一炉，但并不耽溺于对"幽""古"的寻访和改造。通过随意拆解组合古今中外的多重时空体系，诗人让历史场景、文本资源、幻象梦境和当下生活扭结在一起，梦幻表象之下的诗歌内核则是对"一／二""生／死""主／客""内／外"等哲学问题的思考。

若论梦境建构的复杂和内涵的丰富，本季度诗歌中最为突出的一首或许是青年诗人葛希建的《路边等车》。此诗虽以怀念祖父为主题，却以看似突兀的"我看不清楚你"一句起势，并在接下来的部分进一步模糊了"我"与"你"（或是指祖父）之间的界限，把诗歌带入梦境深处。在看似晴朗却迷雾重重的诡秘梦境中，"我"被祖父又重新变成了孩子，在童年日日玩耍的路边等待公交车，等待祖父来接自己回家，然而祖父却迟迟没有现身。随着暮色的降临，有着"蛇莓、茅草、蜜蜂／和夏天清爽的风"的河沟，逐渐变成了带有恐怖色彩的"未名的空间"，并最终在"完整和恐惧"的气氛中结束了梦境。诗歌尽管短小，只有仅仅12行的体量，但十分丰富，建起了一个往复穿梭于梦境与现实中的多维"盗梦空间"。与其说诗人在叙述一场梦，不如说是在试图描绘一种熟悉又陌生、温情又恐怖的梦幻感受。

小结

　　法国后现代主义哲学家吉尔·德勒兹曾选取"根状茎"这一植物学术语，来描述错综复杂的知识树形图所包含的互连关系的重要性。如今无论是诗歌创作还是其他创作，严格的分界线都已经逐渐模糊分化，取而代之的是跨界移动所造成的混沌。无论是分岔、多孔、褶皱，还是梦幻者的视角，都向我们细致地展演了何为"通路"这一表达方式。观察本季度国内的诗歌现场，在都市日益趋同的空间中，一些诗人或以漫游的姿态踱步于街道，或探索花园内无穷无尽的分岔小径，共同拓展城市与记忆的地图。另一部分诗人则致力于开掘与营造时空内部乃至诗歌语言本身的"孔洞"，凸现了当代中国诗歌的特殊情境。其现实基础与诗歌技艺的斑驳多端、繁复杂陈，恰如一座以无数间隙所建构的"多孔之城"。与此同时，一种对"褶皱"的新兴趣正在诗坛逐渐兴起，大量诗歌对裙褶、书页、葡萄串、海洋、沙粒、光影，甚至是面部皱纹的无尽褶皱展开诗意的叙述，其目的正在于以曲折幽微之势穿透附着在事物表面光滑的假象。而梦幻者的视角则使我们更加自由地穿行联动于浩渺宇宙、日常生活与抽象思考之间，充满流动性的力量。以上诸种尝试正如林南浦在其《分界线》一诗中所描述的那样，一只迷失方向的矿泉水瓶在海水分界处浮动，一次次擦亮甚至"剪开"分界线，以"常胜将军"般的姿态发出哪怕是无人认领的诘问，为形塑现代诗学的新风格贡献力量。然而，随着写作的碎片化和杂语化而来的，是部分诗歌将较多重心放在了抽象概念的捉对厮杀和彼此纠缠上面，故而游戏的意味和技巧的炫示似乎稍稍遮盖了对人文性主题的凸显。如何达到技术与文心的平衡，或许是值得诗人们在实践中思考与解决的问题。

　　※ 本文资料来源主要为2022年7—9月的国内诗歌刊物，包括《江南诗》《诗刊》《星星诗刊》《扬子江诗刊》《诗林》《诗潮》《诗歌月刊》，以及综合性文学刊物《人民文学》《十月》《作家》《山花》《作品》《西部》等。除了作者姓名、诗题，诗作发表刊物与期数不再一一注明。

图书在版编目（CIP）数据

诗收获. 2022 年. 冬之卷 / 雷平阳，李少君主编
. -- 武汉 ：长江文艺出版社，2023.3
ISBN 978-7-5702-3020-4

Ⅰ. ①诗… Ⅱ. ①雷… ②李… Ⅲ. ①诗集－中国－当代 Ⅳ. ①I227

中国国家版本馆 CIP 数据核字(2023)第 031716 号

策　　划：沉　河
责任编辑：王成晨　　　　　　　　责任校对：毛季慧
封面设计：祁泽娟　　　　　　　　责任印制：邱　莉　王光兴

出版：长江出版传媒　长江文艺出版社

地址：武汉市雄楚大街268号　　　邮编：430070
发行：长江文艺出版社
http://www.cjlap.com
印刷：武汉市籍缘印刷厂

开本：720 毫米×1020 毫米　　1/16　　印张：17.75　　插页：2 页
版次：2023 年 3 月第 1 版　　　　　2023 年 3 月第 1 次印刷
行数：6956 行

定价：58.00 元

版权所有，盗版必究（举报电话：027—87679308　87679310）
（图书出现印装问题，本社负责调换）